中國語言文字研究輯刊

二一編

許學仁 主編

第3冊

甲骨氣象卜辭類編
（第一冊）

陳冠榮 著

花木蘭文化事業有限公司

國家圖書館出版品預行編目資料

甲骨氣象卜辭類編（第一冊）／陳冠榮 著 -- 初版 -- 新北市：

花木蘭文化事業有限公司，2021〔民110〕

目 18+206 面；21×29.7 公分

（中國語言文字研究輯刊　二一編；第 3 冊）

ISBN 978-986-518-656-2（精裝）

1. 甲骨文 2. 古文字學 3. 氣象 4. 研究考訂

802.08　　　　　　　　　　　　　　　110012600

ISBN-978-986-518-656-2

9 789865 186562

中國語言文字研究輯刊
二一編　　第三冊　　　　　ISBN：978-986-518-656-2

甲骨氣象卜辭類編（第一冊）

作　　者　陳冠榮

主　　編　許學仁

總 編 輯　杜潔祥

副總編輯　楊嘉樂

編　　輯　許郁翎、張雅淋、潘玟靜　美術編輯　陳逸婷

出　　版　花木蘭文化事業有限公司

發 行 人　高小娟

聯絡地址　235 新北市中和區中安街七二號十三樓

　　　　　電話：02-2923-1455／傳真：02-2923-1452

網　　址　http://www.huamulan.tw 信箱 service@huamulans.com

印　　刷　普羅文化出版廣告事業

初　　版　2021 年 9 月

全書字數　451664 字

甲骨氣象卜辭類編
（第一冊）

陳冠榮 著

作者簡介

陳冠榮，國立東華大學中文所畢業，研究專長為甲骨文，曾任東華大學兼任講師，學術論著有：
《甲骨氣象卜辭類編》、《李孝定《甲骨文字集釋》文字考釋》、〈花東甲骨卜辭中的「霋」字與求
雨的關係〉、〈《旅順博物館所藏甲骨》新見字形研究〉、〈讀《甲骨文詞譜》札記〉、〈甲骨氣象
卜辭類編商榷〉、〈論殷墟花園莊東地甲骨中「⻆」字——兼談玉器「玦」〉等；參與部份編
輯採訪、攝影提供之文學性著作有：《黑潮島航：一群海人的藍色曠野巡禮》、《遇見花小香：
來自深海的親善大使》、《海有‧島人》、《台灣不是孤單的存在——黑潮、攝影、歲時曆》、《海
的未來不是夢》、《黑潮漂流》等。

提　要

　　高中時對於天文氣象甚感興趣，也曾隨臺大大氣系陳泰然老師撰寫專題報告，進入大學以
後，則被古文字所吸引，但始終沒有忘記大氣科學，一直以來都在尋找兩者交互探討的可能性，
因此博士論文便試圖蒐羅甲骨卜辭中與氣象相關的辭例，並試以現代科學的觀點予以詮釋。雖
本文在材料的蒐集彙整未盡完善，辭例討論也不如預期，但中編（第三、四、五冊）及下編（第
六冊）所收之辭例，或可做為未來氣象卜辭研究的基礎材料，以利增補修訂、考釋探討，這便
是《甲骨氣象卜辭類編》為文的初衷。最後要感謝許學仁老師和魏慈德老師的指導，以及口試
委員們的斧正，使得這本論文尚有些許價值，也因此才能有機會託花木蘭文化事業有限公司出
版本書。

　　本文題為《甲骨氣象卜辭類編》，即試圖以類編的體例，歸納分析甲骨文中的氣象類卜辭，
聯繫甲骨時代橫向的天氣關係，以及商代社會文化與天氣的關聯。《甲骨氣象卜辭類編》共
分上、中、下三編，上編為整體概述性說明與統整，中編為甲骨氣象卜辭中與降水相關的卜
辭彙編，下編為甲骨氣象卜辭中與雲量、陽光、風、雷相關的卜辭彙編。

　　甲骨氣象卜辭之分類盡可能以現代大氣的科學觀點作為標準。第二章至第六章分別說明氣
象卜辭中的降水、雲量、陽光、風、雷等五大類辭例。

　　降水類的雨卜辭，分為「表示時間長度的雨」、「表示程度大小的雨」、「標示範圍或地點的
雨」、「描述方向性的雨」、「與祭祀相關的雨」、「與田獵相關的雨」、「對雨的心理狀態」、「一日
之內的雨」、「一日以上的雨」、「描述雨之狀態變化」共十大類，66 小項；降水類的雨卜辭，分
為「一日之內的雪」、「與祭祀相關的雪」、「混和不同天氣現象的雪」共三大類，4 小項。

　　雲量類的啟卜辭，分為「表示時間長度的啟」、「表示程度大小的啟」、「與祭祀相關的
啟」、「與田獵相關的啟」、「對啟的心理狀態」、「一日之內的啟」、「一日以上的啟」共八大
類，26 小項。

　　雲量類的陰卜辭，分為「表示時間長度的陰」、「與祭祀相關的陰」、「與田獵相關的陰」、「對
陰的心理狀態」、「一日之內的陰」、「一日以上的陰」、「描述陰之狀態變化」、「混和不同天氣現
象的陰」共八大類，17 小項。

雲量類的雲卜辭，分為「表示程度大小的雲」、「描述方向性的雲」、「與祭祀相關的雲」、「對雲的心理狀態」、「一日之內的雲」、「混和不同天氣現象的雲」共六大類，16 小項。

　　陽光類的晴卜辭，分為「表示時間長度的晴」、「表示程度大小的晴」、「對晴的心理狀態」、「一日之內的晴」、「一日以上的晴」共五大類，8 小項。

　　陽光類的暈卜辭，分為「描述方向性的暈」、「對暈的心理狀態」、「一日以上的暈」、「混和不同天氣現象的暈」共四大類，6 小項。

　　陽光類的虹卜辭，分為「一日之內的虹」、「描述方向性的虹」共兩大類，3 小項。

　　風類的風卜辭，分為「表示時間長度的風」、「表示程度大小的風」、「描述方向性的風」、「與祭祀相關的風」、「與田獵相關的風」、「對風的心理狀態」、「一日之內的風」、「一日以上的風」、「描述風之狀態變化」、「混和不同天氣的風」共十大類，29 小項。

　　雷類的雷卜辭，分為「表示時間長度的雷」、「對雷的心理狀態」、「一日之內的雷」、「混和不同天氣的雷」共四大類，7 小項。

　　第七章「疑為氣象字詞探考例」試探討可能與天氣相關的字詞，如：霣、霾、阱、槖等可能的字義。

　　第八章「殷商氣象卜辭綜合探討」分別探討「一日內的氣象卜辭概況」：與一日之內的時稱結合頻率最高的氣象詞為「雨」，而一日之內的時稱中詞頻最高、同時是也與最多氣象詞結合的是「夕」，因為降雨為最直接影響人類生活的大氣現象，舉凡田獵、採集、農耕等，都和雨息息相關，而商人極常卜問夜間是否降雨，這與田獵、祭祀等活動有直接的關係，由此可知，商代的夜間活動是非常豐富且多樣的。「氣象卜辭與月份的概況」：商代以農作為主要的糧食來源，在九月至十二、十三月為農業活動頻繁的時期，而在九月、十月播種期，向上帝祈求豐沛的降雨，十二、十三月為收穫期，則時常卜問不雨、不其雨，皆可見天氣與生活的關聯。「天氣與田獵的關係」：商人進行田獵之時，幾乎都以否定詞貞問雨，尤其常直接的問「不冓雨」，這是由於田獵於戶外無遮蔽的情境下，是否遇到雨，都會直接影響狩獵的安全跟收獲。而商人最期望適合田獵的天氣狀態，從卜辭上來看，並沒有明確顯示，這或許是因為除了降雨以外，其他的天氣現象並不對田獵活動造成決定性的影響，其重要性可能是在於獲得心理的支持與應對天氣的準備。「天氣與祭祀的關係」：與祭祀相關的氣象卜辭大致可以分成兩類，一是進行祭祀時的天氣狀況，另一則是試圖透過祭祀活動，祈求神靈來改變天氣現象，如希望雨、風可以止息、降雨平順得宜等。

　　第九章「結論及延伸議題」，試圖盡可能全面性的羅列、校釋與天氣現象相關的辭例，雖在文字考釋、詞項的分類與界定上難免有不太合宜或疏漏之處，但藉由大數據的辭例分析，使得對甲骨氣象卜辭、商代氣候以及不同活動、行為的意義關聯，能有進一步的認識。同時也藉由氣象卜辭的電子化，建立資料庫，對於將來的研究可以節省很大的功夫，而未來亦可將字體類組、分期列入類編中，更利於檢索，同時也能看到不同時期的天氣現象以及用字的差異。

第四冊

凡　例

一、多次徵引之甲骨著錄書目，簡稱依下「甲骨著錄簡稱表」。

二、卜辭釋文以嚴式隸定為原則，但對學界已通用的字形，採寬式隸定，如：前辭中讀為「貞」之字，便直接隸定為「貞」，而再不隸定為「鼎」。除需特別討論之卜辭、未識或不確定之字，則盡可能採取嚴式隸定或原字形。

三、卜辭中缺一字以「□」表示，所缺之字數不能確定者，以「……」表示，依文例或同版卜辭推測之補字，以「〔 〕」表示。

四、各詞項卜辭之凡例如下：

（1）各詞項中的片號，與首欄之著錄相同者，則不再加著錄書名，如為不同著錄之拼合，則在片號前加著錄名。

（2）「（ ）」代表重片號，「【 】」代表所引之綴合著錄；如未註明註明綴合者，應為早期史語所人員所綴，未能盡查。

（3）若此版有特殊之現象，如：填墨、塗朱、倒刻、習刻、偽刻、字形上的特異之處等，則於備註欄中註明。

（4）《蘇德美日》下又分《蘇》、《德》、《美》、《日》四部，因此編號中會再加上簡稱。

（5）詞項中所收錄之卜辭以一版為一例，因此卜辭欄中所引用之卜辭，為該版之所有與氣象相關的卜辭。

例：

著　　錄	編號／【綴合】／（重見）	備　　註	卜　　辭
合集	31035+《合補》9211+《合補》9465【《甲拼續》419】		（3）今夕雨。 （4）翌日雨。
愛米塔什	119（《劉》082）	填墨	貞：今夕不雨。
蘇德美日	《美》15		貞：今夕其雨。

　　第一條表示：《合集》31035+《合補》9211+《合補》9465 這三版綴合，所引之綴合著錄為《甲拼續》的第 419 則。且本版同時見有兩條氣象卜辭，一條為「今夕雨」，一條為「翌日雨」。

　　第二條表示：《愛米塔什》119 版與《劉》82 版重見。備註註明：此版填墨。

　　第三條表示：《蘇德美日》中的《美》15 版。

五、文中所採用的分期與斷代依黃天樹：《殷墟王卜辭的分類與斷代》及《甲骨文字編》殷墟王卜辭的分類及年代總表；字形代號及簡稱，依李宗焜《甲骨文字編》。見下附圖、表。

六、上古音聲母韻部以及音值擬測，據郭錫良《漢字古音手冊》。

七、依學術通例，為行文方便，所引各學者之說時，皆不冠先生、教授、老師等稱謂。

甲骨著錄簡稱表

《甲骨文合集》	《合集》
《甲骨文合集補編》	《合補》
《殷虛文字甲編》	《甲》
《殷虛文字乙編》	《乙》
《殷虛文字丙編》	《丙》
《明義士收藏甲骨文集》	《明後》
《懷特氏等收藏甲骨集》	《懷特》
《東京大學東洋文化研究所藏甲骨文字》	《東大》
《戰後京津新獲甲骨集》	《京》
《天理大學附屬天理參考館藏甲骨文字》	《天理》
《蘇德美日所見甲骨集》	《蘇德美日》
《北京大學珍藏甲骨文字》	《北大》
《小屯南地甲骨》	《屯南》
《史語所購藏甲骨集》	《史語所》
《中國國家博物館館藏文物研究叢書——甲骨卷》	《國博》
《中國社會科學院歷史研究所藏甲骨集》	《中科院》
《旅順博物館所藏甲骨》	《旅順》
《史語所購藏甲骨集》	《史語所》

《李濟・董作賓購藏暨李啟生拾得甲骨拓片》	《李啟生》
《殷墟花園莊東地甲骨》	《花東》
《殷墟小屯村中村南甲骨》	《村中南》
《俄羅斯國立愛米塔什博物館藏殷墟甲骨》	《愛米塔什》
《愛米塔什博物館所藏甲骨綜合研究》	《劉》
《殷契拾綴》	《綴一》
《甲骨綴合新編補》	《綴新》
《甲骨綴合集》	《綴集》
《甲骨綴合續集》	《綴續》
《甲骨綴合彙編》	《綴彙》
《甲骨拼合集》	《甲拼》
《甲骨拼合續集》	《甲拼續》
《甲骨拼合三集》	《甲拼三》
《醉古集》	《醉》
《契合集》	《契》

甲骨分期與斷代表

《甲骨文字編》殷墟王卜辭的分類及年代總表

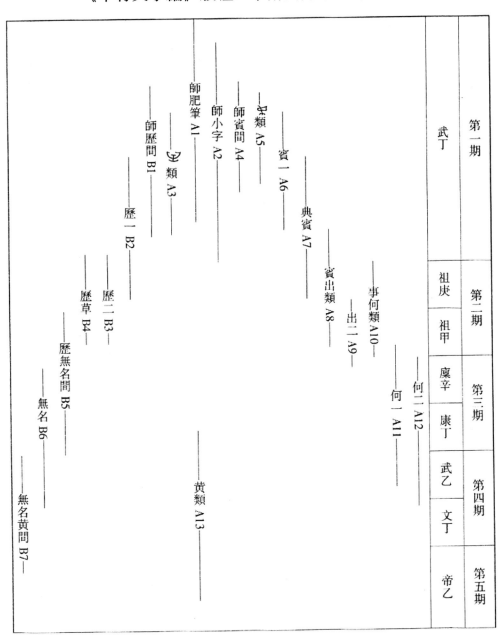

第一期	第二期	第三期	第四期	第五期
武丁	祖庚 祖甲	廩辛 康丁	武乙 文丁	帝乙

《甲骨文字編》字形時代之代號說明

A1	師組肥筆	B1	師歷間組
A2	師組小類	B2	歷組一類
AS	師組	B3	歷組二類
A3	師組𠂤類	BL	歷組
A4	師賓間組	B4	歷組草體類
A5	賓組𠂤類	B5	歷無名間組
A6	賓組一類	B6	無名組
A7	典型賓組（賓組二類）	B7	無名黃間組
A8	賓組三類（出組一類）	C1	非王卜辭乙一（子組）
AB	賓組	C2	非王卜辭乙二（圓體）
A9	出組二類	C3	非王卜辭丙一（午組）
A10	事何類	C4	非王卜辭丙二（婦女）
A11	何組一類	C5	花園莊東地甲骨
A12	何組二類	一	第一期。餘類推。
A13	黃組		

第一章 緒 論

第一節 研究動機與目的

　　天氣現象與氣候變化，一直以來影響著人類的生活，而不同地區的天氣與氣候也有各種不同的差異，進而影響了該地的生活方式，更明確的說，因為自然環境的關係，造就了各種不同的文化，就中國文化的演進來說，無論是哪個民族掌握君權，漢字這個系統都從未斷絕，而文字聯繫、記錄、承載了人們的物質與精神，更使得中國文化不斷延續、發展至今，但自有文獻材料的信史時代，最早當屬殷商。殷商距今超過三千餘年，當時的文化究竟如何，是許多人都深感興趣的問題，而答案必須要從商代的甲骨文材料去尋找。

　　甲骨文字記載的內容，依《甲骨文合集》的歸納，可分為：階級和國家、社會生產、思想文化、其他等四大類主題，其下又再細分二十二小類，氣象便獨立為一類，而許多甲骨研究者也都對甲骨文中的氣象卜辭做了許多研究，或有對文字本身進行考釋，或有對某些天氣現象探析，或有對商代氣候整體考察，儘管先行研究者已開創了許多成果，但多半是以概述性的說明氣象卜辭的內容與分類，或是小範圍的討論某幾種天氣現象的辭例，較無建立以甲骨氣象刻辭與商代氣候的關聯為主題的專著，另一方面，近年科學技術的進步、研究成果的累積，氣象卜辭應當可重新爬梳、彙整，並建立各項辭例的檢索，使得研究方面更完善、更有效率。

第二節 研究對象與材料

本論文所研究之材料分為兩個部份，一是以甲骨著錄為主軸的氣象刻辭研究，以《甲骨文合集》為主，並盡可能兼收《合集》未收之甲骨，如：《甲骨文合集補編》、《小屯南地甲骨》、《東京大學東洋文化研究所藏甲骨文字》、《懷特氏等所藏甲骨文集》、《天理大學附屬天理參考館藏甲骨文字》、《蘇德美日所見甲骨集》、《北京大學珍藏甲骨文字》、《史語所購藏甲骨集》、《中國國家博物館館藏文物研究叢書——甲骨卷》、《殷墟花園莊東地甲骨》、《殷墟小屯村中村南甲骨》、《旅順博物館所藏甲骨》、《俄羅斯國立愛米塔什博物館藏殷墟甲骨》……等甲骨著錄（上述之甲骨著錄，下文皆以凡例所言之甲骨著錄簡稱稱之）為基礎材料，於其中整理、分析與天氣現象有關之辭例，如：雨、雲、雪、風……等。二是自甲骨文出土至今，古文字研究者所累積的研究論文、報告、綴合成果，諸如對氣象卜辭、商代氣候、雨、雪、日、風、雷等天氣現象及變化等基礎研究，並參酌甲骨卜辭中農業、田獵、祭祀、曆法、時稱等各方面的商代文化研究，兼輔以綴合之材料輯佚，如：《甲骨綴合集》、《甲骨綴合續集》、《甲骨綴合彙編》、《甲骨拼合集》、《甲骨拼合續集》、《甲骨拼合三集》〔註1〕、《醉古集》、《契合集》等甲骨拼合著錄（上述之甲骨拼合著錄，下文皆以凡例所言之甲骨著錄簡稱稱之），以此對舊釋再考訂，並重新整理甲骨氣象卜辭，以期重塑商代氣候與天氣的概況，以及商代文化與氣象之間的關係。

第三節 研究範圍與限制

壹、氣象卜辭之定義

探討甲骨文中的氣象卜辭，必須先定義：何謂氣象卜辭。氣象與天象不同，天象的範圍乃是天體運行的相對或絕對關係，但古人亦有觀天象推測氣象之方法，如現代仍使用的農民曆，即是兼顧月球與太陽的週期運動所推衍出的曆法，而本文並不特別探討天象與氣象之間的關係。氣象，包含了兩個部份，一為天氣，一為氣候，這兩者是既有相關但又有區別的概念，以大氣科學的定義來說：

〔註1〕實尚有《甲骨拼合四集》已於 2016 年出版，惟此書尚未能一窺全貌，故本文所引之卜辭尚為核對此書之拼合成果。

　　從時間上來講，天氣是指某一地區在某一瞬間或某一短時間內大氣中氣象要素（如溫度、濕度等）和天氣現象（如雲、霧等）的綜合。天氣過程是大氣中的短期過程，而氣候則指的是在太陽輻射、下墊面性質、大氣環流和人類活動長時間相互作用下，在某一時段內大量天氣過程的綜合。它不僅包括該地多年來經常發生的天氣狀況，而且包括某些年份偶爾出現的極端天氣狀況。〔註2〕

簡要來說，前者為較短時間內所產生的大氣變化，後者則是長時間所平均的天氣現象，更重要的一點是，偶爾發生的極端天氣現象，也有可能被人觀察到，並記錄下來。一般人對於氣候變化感覺較慢，不易記錄，且殷商時代並無科學儀器來測量每月、每年的降水量、風力、風向、濕度等等變化，對於氣候的改變，是以經驗法則作為歸納。氣象中可當下直接感覺到，並記錄下來的，當屬天氣現象，諸如：雨、晴、陰、啟、雲、雪、風、雷、虹、暈等十大項。

貳、氣象卜辭之界定

　　廣義之氣象卜辭為：與天氣現象相關之卜辭，即為氣象卜辭。狹義之氣象卜辭為：在卜辭中直接紀錄天氣現象之卜辭，始為氣象卜辭。如：

　　（1）癸未卜，貞：旬。甲申人定雨……雨……十二月。

　　（4）癸卯貞，旬。□大〔風〕自北。

　　（5）癸丑卜，貞：旬。甲寅大食雨自北。乙卯小食大啟。丙辰
　　　　　中日大雨自南。

　　（6）癸亥卜，貞：旬。一月。昃雨自東。九日辛丑大采，各云
　　　　　自北，雷征，大風自西刜云，率〔雨〕，母蕭日……一月。

　　（7）癸酉卜，貞：旬。二月。

　　（8）癸巳卜，貞：旬。之日巳，羌女老，征雨小。二月。

　　（9）……大采日，各云自北，雷，風，茲雨不征，隹妹……

〔註2〕「下墊面」所指的即地球表面，包括海洋、陸地及陸上的高原、山地、平原、森林、草原、城市等。參見周淑貞、張如一、張超：《氣象學與氣候學》（臺北：明文書局，1997 年），頁 1。

（10）癸亥卜，貞：旬。乙丑夕雨，丁卯明雨……采日雨。〔風〕。

己明啟。三月。

《合集》21021 部份+21316+21321+21016【《綴彙》776】

本版為氣象卜辭無疑，廣義來說，上引諸辭皆為氣象卜辭，但狹義來說，（7）未見直接的氣象記錄，因此在本文附錄檢索中未收此條，但並不代表此條直接捨棄，若在釋義或往後排譜等需要時，亦在文中一併列入討論。本文討論的氣象卜辭，以辭例中出現「天氣現象」之卜辭為研究主體，並參考同版辭例分析討論之。

參、材料限制

一、辭例限制

甲骨刻辭的內容相當豐富，廣至戰爭、祭祀、方國、地理，細至生育、疾病、人物、器具等皆有所載，但畢竟甲骨文字記錄的主要是占卜時所問、所驗的事物，仍有許多細節並未能一一詳盡。其次，歷經千百年後重見天日的甲骨片，受自然因素及人然因素的破壞，必然有斷裂、殘泐，因此有多少與氣象相關的刻辭未能見到，已不得而知，而其中是否有決定性、特殊性的卜辭，亦不得知，比如有些卜辭上下辭例雖直接與天氣有關，但因部份殘泐，因此未必能確定該條亦是氣象卜辭，如：

（1）貞：〔于〕翌乙丑□介□己，其𩑶雨。

（2）乙丑……

（3）……其雨。七月。 《合集》12595

（2）的干支與（1）所載相同，但因後半文字殘缺，因而不能肯定是否與前辭有關，亦不能確定是否與氣象有關。殘泐處更可能是氣象卜辭的例子還有：

（1）己亥卜：風。

（2）辛丑卜……

（3）辛丑卜：不風，往……不。 《合集》21018

（1）問是否有風，兩天後（2）、（3）接連卜問，但即便（2）、（3）兩條，看起來似對貞句式，但也不能確定（2）即是「辛丑卜，風……」。而同樣不能判讀的例子也會出現在同版的正反面，如：

（1）不其亦征雨。

（2）己亥……　　　　　　　　　　　　《合集》12801 正

　　丁未……　　　　　　　　　　　　《合集》12801 反

正面問：不會也下很久的雨嗎？〔註3〕（2）便已不知是否是（1）的驗辭，或是另一條氣象卜辭的前辭，更無法判斷背面的丁未是否與正面相關。上述所列之例，凡不能確定之辭條，皆不收於附錄中，因這類狀況在甲骨辭條中不在少數，因此也無法將所有疑似為氣象刻辭的辭條列出，然這些未收之辭條，如有必要，亦會於文中作為參考備說之依據。也由於甲骨材料本身的限制，使得在統計分析，以及天氣與氣候推論上，僅能以所見材料探討，為相對客觀的論證，而無法為絕對客觀的論證。

二、年代限制

　　本文題為「甲骨氣象卜辭類編」，其中必涉及殷商氣候之面貌，但現今所發現的甲骨文字上限在武丁時期，實為商代晚期，而商初與商末相距約三百年，這樣的年代差距如現世回推至清康熙年間，氣候必然不同，天氣必然有異，然而因為材料本身的年代限制，因此所探討之殷商氣候，實為殷商晚期之氣候。

〔註3〕「亦」字在甲骨卜辭中有（一）再、又（重複，頻率副詞）以及（二）也（類同，範圍副詞）這兩種用法，李宗焜和裘錫圭則認為部份的「亦」字可讀為「夜」，但胡雲鳳指出「一般是將時間名詞置於句首，在「不其 v」、「不 v」的前面……「今夕」、「今日」、「今乙卯」均位於「不其 v」、「不 v」之前。以此來看，「不其亦雨」、「不亦雨」的辭例，如依李宗焜讀「亦」為「夜」，那麼何以卜辭僅見「不其亦雨」、「不亦雨」，而未見「今亦（夜）不其雨」、「今亦（夜）不雨」的用例呢？」最終歸納在殷墟卜辭中，「尚未見一條完整而確切無疑可讀為「夜」的「亦」字辭例。」詳見李宗焜：〈論卜辭讀為「夜」的「亦」──兼論商代的夜間活動〉，《中央研究院歷史語言研究所集刊》第 82 本第 4 分冊（臺北：中央研究院歷史語言研究所，2011 年 12 月），頁 584～585、裘錫圭：〈殷墟甲骨文字考釋（七篇）〉，《裘錫圭學術文集·甲骨文卷》（上海：復旦大學出版社，2012 年），頁 351、胡雲鳳：〈論殷卜辭中的「亦」字〉，《第二十五屆中國文字學國際學術研討會論文集》（臺北：中國文化大學中國文學系）2014 年 5 月，頁 189～207。

第四節　研究方法與步驟

壹、文字考釋與卜辭識讀

　　關於考釋古文字的方法，許多研究者都曾專為此題做過歸納，如：唐蘭、徐中舒、林澐、李學勤、李家浩、劉釗等，都曾寫過如何考釋古文字的文章。[註4]基本上以字形為核心，向外延伸探索音、義等關係，然而古文字的形體未必都是單一標準的，以甲骨文字來說，同一個字在不同時期，甚至王卜辭與非王卜辭就存在著不同的寫法，因此在考釋古文字時，首要透過照片、拓片、摹本，確認字形的筆劃與形體，再次透過比對相似字形、拆解部件、符號分析等方面進行考釋，而若部件可進行拆解，也必須考慮部件本身除了代表形體以外，同時也可能具有表音的作用。

　　隨著出土材料不斷的再被精讀，科學技術日與俱進，研究成果不斷累積，曾經不識或誤識的文字也漸漸明朗，這些研究成果都可以作為文字考釋的旁證，或直接證據。然若該文字尚未有明確的定論時，則除了前述的考釋方法以外，還必須考慮歷史文化的因素，包含古代文化、出土文獻與文物、考古調查與發掘遺址報告等，將文字放回其歷史背景中檢驗，如能通讀，並符合常理，如此才可能作為有信度的考釋。

　　考釋文字最重要的目的在於通讀辭例，一字考釋正確，對於文義的理解，將起莫大的作用，而正因為有許多文字我們尚不能完全肯定其字義及用法，加上甲骨片或因殘泐、行款、介畫等因素，使得在甲骨卜辭的識讀也會產生分歧，這樣的分歧直接導致結論的不同，此一方面亦有不少學者投入心力完成卜辭的校釋工作，如：朱歧祥、白于藍、姚萱……等諸位學者[註5]，其論述亦可作為

〔註4〕參見唐蘭：《古文字學導論》（台北：樂天出版社，1970 年）、徐中舒：〈怎樣考釋古文字〉，《出土文獻研究》（北京：文物出版社，1985 年）第 1 期、徐中舒：〈怎樣研究中國古代文字〉，《川大史學‧徐中舒卷》（成都：四川大學出版社，2006 年）、林澐：〈考釋古文字的途徑〉，《古文字研究簡論》（長春：吉林大學出版社，1986年）、裘錫圭：〈考釋古文之方法〉，《甲骨文論文集》（臺中：甲骨文學會，1993 年）、李學勤：《古文字學初階》（臺北：萬卷樓圖書股份有限公司，2004 年）、李家浩：《著名中年語言學家自選集‧李家浩卷》（安徽：安徽教育出版社，2002 年）、劉釗：《古文字構形學》（福建：福建人民出版社，2006 年）

〔註5〕參見齊航福：《《甲骨文合集補編‧釋文》校勘》（鄭州：鄭州大學碩士論文，2003

在卜辭通讀上的參考。

貳、氣象卜辭的揀選

　　甲骨文字中與氣象有關的卜辭，多半為發生時間較短、範圍較小的天氣現象，如前文所列舉的：雨、晴、陰、啟、雲、雪、風、雷、虹、暈等十大項，以此十大類再往下依大氣科學分類列出細目與辭例，如雨即可分為「時間性的雨」：聯雨、延雨……等、「程度性的雨」：大雨、疾雨……等、「待考之雨」：亦雨、𣲵雨……等。依照辭例做分類檢索的工作，亦有不少研究者投入心力，如：姚孝遂、肖丁的《殷墟甲骨刻辭摹釋總集》與《殷墟甲骨刻辭類纂》、島邦男的《殷墟卜辭綜類》、饒宗頤的《甲骨文通檢》、朱歧祥編撰、余風、賴秋桂、錢唯真、左家綸合編的《甲骨文詞譜》等可以作為參考。〔註6〕而甲骨文字中見有

年 5 月）、沈之傑：〈《甲骨文合集補編・釋文》刊誤〉，《中國文字研究》，第 4 輯，（南寧：廣西教育出版社，2003 年 12 月）、劉海琴：〈《甲骨文合集補編》第一冊釋文商榷之一———與沈培、謝濟二先生的商榷〉，《中國文字研究》，第 4 輯，（南寧：廣西教育出版社，2003 年 12 月）、劉海琴：〈《甲骨文合集補編》第一、二冊釋文文例商榷廿一例〉，《中國文字研究》，第 5 輯，（南寧：廣西教育出版社，2004 年 11 月）、齊航福：〈《甲骨文合集補編・釋文》校勘（一）〉，《中國文字研究》，第 10 輯，（鄭州：大象出版社，2008 年 6 月）、丁軍偉：〈《甲骨文合集補編・釋文》校補〉復旦大學出土文獻與古文字研究中心網站（2010 年 12 月 16 日，http://www.gwz.fudan.edu.cn/old/SrcShow.asp?Src_ID=1331）、朱歧祥：《甲骨學論叢・〈小屯南地甲骨釋文〉正補》，（臺北：學生書局，1992 年）、溫明榮：〈《小屯南地甲骨》釋文補訂〉，《考古學集刊》，第 12 期，（1999 年）、朱歧祥：〈《殷墟花園莊東地甲骨釋文》正補〉，許錟輝教授七秩祝壽論文集編輯委員會編：《許錟輝教授七秩祝壽論文集》（台北：萬卷樓圖書股份有限公司，2004 年）、姚萱：《殷墟花園莊東地甲骨卜辭的初步研究》（北京：線裝書局，2006 年）、洪颺：〈《殷墟花園莊東地甲骨釋文》校議〉，《古籍整理研究學刊》（長春：東北師範大學古籍整理研究所，2008 年 5 月）、朱歧祥：《釋古疑今———甲骨文、金文、陶文、簡文存疑論叢》，第十六章 《殷墟小屯村中村南甲骨釋文》正補，（臺北：里仁書局，2015 年）、朱歧祥：《釋古疑今———甲骨文、金文、陶文、簡文存疑論叢》，第十七章《旅順博物館所藏甲骨》正補，（臺北：里仁書局，2015 年）、白于藍：《殷墟甲骨刻辭摹釋總集校訂》（福州：福建人民出版社，2004 年）

〔註 6〕姚孝遂、肖丁：《殷墟甲骨刻辭摹釋總集》（北京：中華書局，1988 年）、姚孝遂、肖丁：《殷墟甲骨刻辭類纂》（北京：中華書局，1989 年）、島邦男著，濮茅左、顧

春、秋等明確的氣候表徵，而「𐎠」一般認為是冬字初文，但「𐎠」在甲骨卜辭中讀為「終」，尚未見有作冬天之冬。甲骨文中亦不見夏字，從目前的材料來看，商代只分春、秋兩季，而非四季。

第五節　文獻探討

近代甲骨材料受到關注，約自19世紀末王懿榮、劉鶚等進行甲骨收藏開始，之後又有孫詒讓、羅振玉、王國維、王襄、商承祚、葉玉森、董作賓等人投入研究，使得甲骨材料在 19 世紀末至 20 世紀初漸漸受到學術界的重視，隨著甲骨學的建立，也有越來越多人參與甲骨的研究行列，並從中探索商代的各個面向，與氣象相關的論題，自甲骨材料出土至今，已累積了相當豐富的研究成果。

對商代氣候、氣象刻辭的研究，1940 年德國人魏特夫（Karl August Wittfogel）的〈商代卜辭中氣象記錄〉[註7]可謂先驅，然此文對甲骨誤用、誤讀的情況甚多，而受到魏特夫的影響，董作賓在 1943 年除了以〈讀魏特夫商代卜辭中氣象記錄〉一文評其正誤以外，又於年底發表了〈殷文丁時卜辭中一旬間之氣象紀錄〉，1946 年再發表〈再談殷代氣候〉。稍晚的胡厚宣也在此期間，發表了許多跟商代氣候有關的文章，1945 年有〈氣候變遷與殷代氣候之檢討〉、〈關於殷代之氣候〉兩文，此後關於甲骨氣象刻辭的研究，便從未間斷，在各個面向幾乎都有研究者鑽研。

商代氣象與氣候方面有：張秉權：〈商代卜辭中氣象記錄之商榷〉（1957）、〈殷代的農業與氣象〉（1970）、周鴻翔，沈建華：〈商代氣象統計分析〉（1982）、溫少峰、袁庭棟：《殷墟卜辭研究——科學技術篇》第三章氣象學（1983）、鄭慧生〈甲骨卜辭所見商代天文、曆法與氣象知識〉（1983）、馬如森：〈殷墟甲骨文中關於天文氣象的記載〉（1992）、黃競新：〈甲骨文中所見之季候用辭〉（1993）、周偉：〈商代後期殷墟氣候探索〉、黃天樹：〈殷墟甲骨文驗辭中的氣象紀錄〉（2007）、王田恩：〈釋秋〉（2015）……等。

偉良譯：《殷墟卜辭研究》（上海：上海古籍出版社，2006 年）、饒宗頤：《甲骨文通檢》（香港：香港中文大學，1999 年）、朱歧祥編撰、余風、賴秋桂、錢唯真、左家綸合編：《甲骨文詞譜》（臺北：里仁書局，2013 年）

〔註 7〕Wittfogel, K. A.（魏特夫）「Meteorological Records from the Divination Inscriptions of Shang.」（商代卜辭中氣象記錄）Shang, Geographical Review, 30, (Jen. 1940):110～133.

談雨的有：于省吾：〈釋不緷雨〉（1940）、于省吾：〈釋从雨〉（1941）于省吾：〈釋雨〉（1979）、于省吾：〈釋盅雨〉（1979）、郭旭東：〈商代雩祭的考察〉（1989）、季旭昇：〈「雨無正」解題〉（1991）、汪濤：〈關於殷代雨祭的幾個問題〉（1996）、王曉鵬：〈卜辭裡的「雨」功能指示分析及詞性鑒定〉（2000）、劉釗：〈卜辭「雨不正」考釋〉（2001年）、毛志剛：〈「又去自雨」與「亡去自雨」〉（2014）……等。

談雪、雹的有：唐蘭：〈釋彐雺雪霑〉（1934）、胡厚宣：〈論殷卜辭中關於雨雪之記載〉（1945）、胡厚宣：〈殷代的冰雹〉（1980年）、沈建華：〈甲骨文釋文二則〉（釋雹）（1981）、蔡哲茂：〈說「彐」〉（1993）、裘錫圭：〈殷墟甲骨文「彗」字補說〉（1996）……等。

談論陰晴的有：于省吾：〈釋翟〉（1979）、于省吾：〈釋雀〉（1979）；楊樹達：〈釋星〉（1954）、李學勤：〈論殷墟卜辭的「星」〉（1981）、李學勤：〈續說「鳥星」〉（1999）、常玉芝：〈關於卜辭中的「星」〉（1998）、李學勤：〈論殷墟卜辭的新星〉（2000）、黃天樹：〈讀契雜記（三則）〉（甲骨文「晶」、「曐（星）」考辨）（2006）……等。

探討陽光造成的天氣現象的有：于省吾：〈釋虹〉（1940）、熊海平：〈三千年來的虹蜺故事〉（1940）、翟楊：〈虹與龍〉（1998）；于省吾：〈釋崇〉（1941）……等。

談雷電問題的有：于省吾：〈釋靁〉（1944）、王恆餘：〈釋日月雷河〉（1961）、田倩君：〈釋申電神〉（1961）……等。

談天氣變化與其他天氣現象的有：吳國升〈甲骨文「易日」解〉（2003）、陳年福：〈釋「易日」──兼與吳國升先生商榷〉（2010）；于省吾：〈釋霻〉（1979）……等。

從自然環境、動植物生態來推斷氣候的有：胡厚宣：〈卜辭中所見之殷代農業〉（1945）、張秉權：〈殷代的農業與氣象〉（1970）、徐中舒：〈殷人服象及象之南遷〉（1930）、王宇信、楊寶成：〈殷墟象坑和「殷人服象」的再探討〉（1982）、張惟捷：〈甲骨學對中國古生物研究的一點補充──以全新世華北地區菱齒象的存續與否為例〉（2014）……等。

專論「風」的面向則有：胡厚宣：〈甲骨文四方風名考〉（1941）、胡厚宣：〈甲骨文四方風名考證〉（1944）、楊樹達：〈甲骨文中之四方神名與風名〉

（1954）、胡厚宣：〈釋殷代求年於四方和四方風的祭祀〉（1956）、嚴一萍：〈卜辭四方風新義〉（1957）、謝信一：〈甲骨文中之鳳、颮、颾〉（1965）、于省吾：〈釋四方和四方𡿧的兩個問題〉（1979）、曹錦炎：〈釋甲骨文北方名〉（1982）、裘錫圭：〈甲骨文字考釋（續）〉（談南方風名）（1982）、連邵名：〈商代的四方風名與八卦〉（1988）、蔣長棟：〈「風」名源於樂器考〉（1989）、蔡哲茂：〈甲骨文四方風名再探〉（1993）、鄭杰祥：〈商代四方神名和風名新証〉（1994）、馮時：〈殷卜辭四方風研究〉（1994）、江林昌：〈甲骨文四方風與宇宙觀〉（1997）、沈建華：〈釋卜辭中的「凶風」和「虛風」〉（1998）、林澐：〈說飆風〉（1998）、李學勤：〈申論四方風名卜甲〉（2005）、何景成：〈試釋甲骨文的北方風名〉（2009）、蔡哲茂：〈說甲骨文北方風名〉（2013）……等。

　　此外也有少數專著就以氣象卜辭為研究對象，如：〔日〕末次信行：《殷代氣象卜辭之研究》（1991），較全面的探討氣象卜辭，雲雨雷電、陰晴風雪等各方面幾乎都有討論，並綜合歸納各家對於殷商氣候的觀點，惜本書並無譯本，閱讀較為不易。而以中文成書的有黃競新：《甲骨文中所見之天文氣象資料研究》（1992）的博士論文，此書探討了天文、氣象兩個部份，特別的是，在氣象方面專論風、雷、雪、暈、虹五種天氣現象，而刻意不談雨。再來即是陳柏全：《甲骨文氣象卜辭研究》（2003）的碩士論文，亦是綜合性的歸納了雨風日雲、其他（申、雷、陰、晴、虹）等氣象刻辭。全面的進行考察，主要貢獻在於拓展研究廣度，但反過來說，因為全面，因此部份討論便未能深入。次年方明：《殷商降雨卜辭初探》（2004）的碩士論文，便專談「雨」的論題，從「一般降雨用詞」、「降雨附加程度」、「從降雨狀況對殷商氣候之初步認知」三大方向進行討論，包括「降雨動作用詞」、「降雨否定用詞」，以及「雨時長短」、「降雨強度」、「降雨災害」、「降雨適度」，在氣候認知部份則以「前人研究成果」、「現有資料研究」兩項作為基礎論述。此文聚焦討論「雨」的各種現象與刻辭，為甲骨氣象卜辭中雨的類別，做了很好的研究範例。

　　甲骨出土至今超過百年，累積的研究成果相當可觀，也正因為有前行的研究成果，使得我們可以更細緻的去討論舊的論題，與開創新的研究方向。比如以往所討論「茲雨」一辭，現可再細分為「茲雨・隹囚」、「茲雨・隹孽」、「茲雨・隹若」來討論；雨的種類也可以分為「夕雨」、「大采雨」、「小采雨」、「日

雨」、「今日雨」、「翌雨」、「明雨」、「旬雨」、「月雨」等時間段來討論，甚至也可用「雷‧雨」、「雪‧雨」、「雲‧雨‧暈」、「暈‧啟」等分類，來討論混合型的天氣現象。回頭看老問題，就是開啟新問題的基礎。

第六節　預期成果

近年來古文字學界的研究重心，主要在不斷有新材料公佈的簡帛方面，甲骨領域的研究成果已漸趨緩，研究者也較不易有上個世紀般大量、豐富的創見，而在甲骨材料沒有重大發現的狀況下，藉由整理舊的材料來找到新的研究問題，更顯得格外重要，因此本文可望有兩大預期成果：一、藉由再探討甲骨氣象刻辭與研究成果，建構商晚期的氣候概述與文化活動的關聯。二、建立氣象卜辭檢索資料庫。

商代氣候在先行研究中有不少大尺度的氣候概述，但在時間較短的中小尺度範圍，卻較少被關注，諸如商代的降雨時地分佈、梅雨季、零度線等主題，亦是本文所欲探討的部份。卜辭檢索方面，除研究方法與步驟所引述的紙本工具類書以外，也能在網路上搜索到電子版本的檢索系統，如：國立成功大學「甲骨文全文檢索與全文影像系統」、中央研究院歷史語言研究所「先秦甲骨金文簡牘詞彙庫」以及「甲骨文數位典藏」，然無論是紙本檢索或電子檢索，使用起來都存在一些缺點。紙本材料取得、攜帶、存放較為不便，更新不易，檢索起來也較費時；電子資料庫各據山頭，檢索固然快速方便，但或者要通過身份申請，或者有些限制，也未必能顯示所有的辭例，另一個問題是，古文字字形有的隸定後無法在一般電腦上顯示，更有無法隸定的字形，因此辭條常有空缺、亂碼的現象，透過本文附錄，將各辭例分門別類，制定檢索字表，當遇到電腦沒有造字的字形，直接使用圖檔呈現，以期建立較易檢索，也較能顯示字形的氣象卜辭檢索資料庫。

第二章　甲骨氣象卜辭類編──降水

第一節　雨

壹、雨字概述與詞項義類

　　甲骨文字中的「雨」字多見，基本作「Ⅲ」形，象天空落水之形，甲骨卜辭中用作降雨之義。各期字形如下表：

「雨」字分期字形〔註1〕

第一期	第二期	第三期	第四期	第五期
（師組肥筆）				
（師組小字）				
（師歷間）				
（賓組類）				
（賓一）				

<hr>

〔註1〕因版面關係，本表僅以粗略的五期分類做排序，在每類之後的字體分類，可以參照文末附表的「殷墟王卜辭的分類及年代總表」，做更細緻的斷代。本文所有分期字形表中的字形，皆採用李宗焜：《甲骨文字編》（北京：中華書局，2012年）

雨（賓二）			
雨（賓三）			
雨（歷一）			
	雨（歷二）		
	雨（事何類）		
	雨（出二）		
	雨（何一）		
		雨（何二）	
		雨（無名組）	
		雨（黃組）	
雨（子組）			
雨（倒刻）（圓體）			
雨（午組）			
雨（婦女）			
雨（花東）			

　　與降水相關的卜辭「雨」之詞目，共分為十二大類，每類再細分不同的詞項，可見下表與分項說明。

詞　目	詞　項			
表示時間長度的雨	聯雨	征雨	盅雨	宗雨
表示程度大小的雨	大雨	小雨／雨小	雨少	多雨／雨多
	从雨	籫雨		
標示範圍或地點的雨	雨‧在／在‧雨			
描述方向性的雨	東、南、西、北——雨	各雨／正雨		

與祭祀相關的雨	叀——雨	酚——雨	桼——雨	侑——雨
	黄——雨	叙——雨	舞——雨	寧——雨
	宜——雨	卯——雨	晉雨／燹雨	各雨
	祭牲——雨			
與田獵相關的雨	田・雨	獵獸・雨		
對降雨的心理狀態	弜雨	弱雨	不雨	弗雨
	亡雨	正雨	壱雨	求・雨
	雨——吉	令雨		
一日之內的雨	夙——雨	旦——雨	明——雨	朝——雨
	大采——雨	大食——雨	中日——雨	昃——雨
	小采——雨	郭兮——雨	昏——雨	暮——雨
	闌昃——雨	夕——雨	中脉——雨	寐——雨
	人定——雨	夗——雨		
一日以上的雨	今——雨	湄日——雨	翌——雨	旬——雨
	月——雨	生——雨	來——雨	季節・雨
描述雨之狀態變化	既雨	允雨		

一、表示時間長度的雨

（一）聯雨

甲骨字形中的「𦥑」、「𦥑」一般隸定為「緝」，歷來對緝之釋義有不同說法。郭沫若認為：「緝疑聑（瑱）之古字，象耳有充耳之形。『不緝雨』者猶它辭言『不征雨』，雨不延綿也。」于省吾則認為：「按郭說非是……甲骨文緝應讀作茸，緝與茸並諧耳聲，故通用……甲骨文之不緝雨，謂雨之不茸細也。今吾鄉方言猶謂細雨為茸雨或毛毛雨。」《甲骨文字詁林》（以下簡稱《甲詁》）姚孝遂的按語認為：「字當釋『聯』。《說文》：『聯，連也。從耳，耳連於頰也；從絲，絲連不絕也。』契文即從『耳』，從『糸』。即『絲』之省。隸可作『緝』。『不聯雨』即『不連雨』，猶他辭之言『不征雨』。」李孝定認為：「按從耳從示，說文所無，當是會意，其初義蓋為以繩繫耳。辭『不緝雨』當是假借字，于讀為茸，於義為長。」〔註2〕以上諸位學者對「緝」之字形隸定大多相同，亦認為

〔註 2〕郭沫若：《殷契粹編》（北京：科學出版社，1965 年），頁 539、于省吾：《甲骨文字釋林》（北京：中華書局，1979 年），頁 13～14。于省吾主編、姚孝遂按語編撰：《甲骨文字詁林》（北京：中華書局，1996 年），頁 653，將「緝應讀作茸」誤為「緝應

此字當有「連綿」〔註3〕之義，故將《合集》32176之詞讀為「聯雨」：

《合集》32176：  、

讀作茸」、于省吾：《甲骨文字詁林》，頁 653、李孝定：《甲骨文字集釋》（臺北：中央研究院歷史語言研究所，1965 年），頁 3550。

〔註3〕另一方面唐際齊曾從音韻一途討論，提出「絸」與「弲」在聲音的關係上都相當密切，可以通假，將卜辭中「其絸雨」、「不絸雨」的「絸」釋為止息、中斷之義，這與《甲骨金文字典》將 ⚯ 隸定為絸，並引《粹》720 片：「甲子卜，不絸雨。」謂絸為「停止之義」相同，讀作弲。然甲骨文未見「弲」字，但《爾雅注疏》謂：「弓有緣謂之弓，無緣者謂之弲。」今人更進一步解釋「弲」為箭弓的端飾，不同於解結的「觿」，弲由柄部與鈍錐所構成，中部有寬凹槽作為柄與錐的間隔（圖17）。作為器物的弲應當比作為止息、停止的弲要早，且由卜辭上來看「絸雨」、「受禾」、「不絸雨」、「不受禾」往往都在前後出現，且為對貞，一般而言對農作物之相關占卜，都因乾旱而求雨，並非因雨量過多而求不降雨，且由字形一途解，將「𠂤」作絲線為糸、為聯似更易理解，故筆者還是同意郭沫若與姚孝遂的說法，謂「不聯雨」即「不連雨」，猶他辭之言『不征雨』。參見唐際齊：〈釋甲骨文「𠂤」〉，《中山大學研究生學刊（社會科學版）》第 29 卷，第 2 期（2008 年）、方述鑫等編：《甲骨金文字典》（成都：巴蜀書社，1993 年），頁 1018、〔晉〕郭璞注，〔宋〕邢昺疏：《爾雅注疏》（上海：上海古籍出版社，2010 年），頁 262、參見陳啟賢、徐廣德、何毓靈：〈花園莊 54 號墓出土部分玉器略論〉，于明編：《如玉人生：慶祝楊伯達先生八十華誕文集》（北京：科學出版社，2006 年）、筆者考察其相關字之上古音系，耳屬日母之部，擬音為 ŋǐə，聯屬來母元部，擬音為 lǐan，珥屬日母之部，擬音為 ŋǐə，弲屬明母支部，擬音為 mǐə。（擬音據王力之上古音系）弲與珥在上古音唯主要元音相同，其餘輔音卻不相近；耳、珥與聯在上古音是不通的但裘錫圭認為「說不定「聯」字另有已經佚失的本義，「絲」才是聯接之「聯」的本字。「𦥑」（聯）字所以有聯接的意義，乃是由於假借為「絲」，就跟本為草名的「蒙」假借為冡覆的「冡」，端直的「端」假借為開耑的「耑」一樣。」參見裘錫圭：〈戰國璽印文字考釋三篇〉《古文字研究》，第 10 輯，（北京：中華書局，1983 年），頁 90～91。

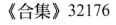

《合集》32176

32176

另外，殷墟花園莊東地甲骨出土後，从耳从絲的「緝」字，除了與「不緝雨」的用法不同以外，也影響到字形的釋義：

《花東》版次	字形	摹本	卜辭釋文
203			（11）丙卜：叀子擂圭用罙緝，再丁？用。
286			（19）丙卜：叀玄圭再丁，亡緝。〔註4〕

〔註4〕「玄」字原釋文為「幼」，摹本上多出「刀」形，誤 𠃉 為 𠄌，乃因龜甲紋路而不良於辨識。參見王蘊智、趙偉：〈《殷墟花園莊東地甲骨·摹本》勘誤〉，《鄭州大學學報》，第40卷，第3期，（2007年5月）、姚萱：《殷墟花園莊東地甲骨卜辭的初步研究》，頁17。

475			（4）乙巳卜：又圭，叀之畀丁，緝五。用。
480			（1）丙寅卜：丁卯子勞辟，再禟圭一、緝九，在 闌。來狩自斝。〔註5〕

此字李學勤認隸定為「緝」不同的是要「讀為珥」，並根據晚殷乙卯尊銘文的「珥琅九」及《粹》1000片的「珥九」，釋作玉珥加上量詞的用法，同時〔註6〕《花東》釋義也有相同的看法，指為「商代的耳飾為玉（石）的環珏類物品。」〔註7〕又卜辭中的璧、良、圭〔註8〕等，皆為玉類之屬，朱歧祥言：「此三辭屬選擇性對貞。（4）辭的命辭是『叀圭、緝五畀丁？用。』的移位句。」〔註9〕因此可推論「緝」亦為玉類之屬。事實上《合集》、《殷契粹編》等較早出土的考古材料中，也有相同的用法，《合集》32721片，第1辭：「丁卯，貞，王其再琮𡥝。賣三小牢。卯三大牢于……絲用。」〔註10〕，據卜辭來看，「𡥝」應當是屬於賣祭所用的禮器，與琮並陳，其數量、屬性可能與琮相當。

〔註5〕釋文參考李學勤：〈從兩條《花東》卜辭看殷禮〉，《吉林師範大學學報》，第3期，（2004年6月），頁1～2。原釋文為：「丙寅卜：丁卯子命丁，再禟圭一，緝九？在闌。來自斝。一二三四五」

〔註6〕參見李學勤：〈澧溪發現的乙卯尊及其意義〉，《文物》，第7期（1986年）；《粹》1000片即《合集》29783片。

〔註7〕中國社會科學院考古研究所編著：《殷墟花園莊東地甲骨》，頁1640。

〔註8〕釋義參見中國社會科學院考古研究所編著：《殷墟花園莊東地甲骨》193片釋文，頁1635；李學勤：〈從兩條《花東》卜辭看殷禮〉。

〔註9〕參見朱歧祥：〈《殷墟花園莊東地甲骨釋文》正補〉，許錟輝教授七秩祝壽論文集編輯委員會編：《許錟輝教授七秩祝壽論文集》（台北：萬卷樓圖書股份有限公司，2004年）

〔註10〕《合集》32721：「丁卯，貞王其再珥𡥝。賣三小牢。卯三大牢于……絲用」，其中將「𡥝」字所摹的字形並不全然正確。原字形為𡥝，頂端的斜點應為龜甲的紋路或甲殼斑剝造成的痕跡，且與刻痕粗細、筆法頗有差距，應不屬於筆劃，但原摹本卻將其摹出，且誤為「𡥝」形。此字上半部當為「耳」無誤，不應為「糸」之省，因今所見省糸為幺是常見的，但卻未有見省幺為o，故此下半部應純為象玉珠之形，字形摹為「𡥝」。

「絴」字，一是作為為貢品或禮器的「耳飾」，耳下的「o」、「ᚖ」形，應當解釋為耳環、耳珠一類的飾品；二是與雨連讀為「絴雨」時，要釋為引申義「聯」。珥與耳「連」，又「ᚖ」為象形，與糸字極似，或因此訛為絲線之意，引申為「連」、「聯」，而本文所討論之卜辭以天氣相關的「絴雨」即「聯雨」為主。〔註11〕

（二）征雨

甲骨字形中的「𢓜」，從彳從止，當隸定作「征」，讀為「延」。止即為趾，象趾行走於道路之形，引申為連綿、連續之意，「征雨」即「延雨」，指雨連綿不止。〔註12〕

（三）卣雨

甲骨氣象卜辭中「卣雨」之「卣」，皆作「ᚖ」而不作「ᚖ」，因此隸定為「卣」。

卣本為古代盛酒的器具，後《周禮》言：「廟用脩。」，脩即卣也，唐蘭進一步謂「卣」即「𦥑」，𦥑、卣並假為脩，脩，長也，久也，卣雨則為「雨勢綿長」之意。〔註13〕

（四）𣇉雨

甲骨文字中的「𣇉」字，形似「暈」字，姚孝遂認為非「暈」字，釋為「𣇉」，據《說文》訓為「際見」，將「𣇉雨」釋為「陣雨」。〔註14〕何景成將原考釋的「至」、「𣇉」認為是一個字「𣇉」，釋為「督」，訓為「中」，表示日中時分〔註15〕。甲骨卜辭中僅見《合集》33871（2）：「丙寅卜，丁卯其至𣇉雨。」、（8）：「乙亥卜，今日其至不𣇉雨。」同版的兩條辭例，釋為「陣雨」可通，釋為「督」，讀

〔註11〕參見陳冠榮：〈論殷墟花園莊東地甲骨中「𦥑」字──兼談玉器「玦」〉，《東華中國文學研究》第 11 期（花蓮：國立東華大學中國語文學系，2012 年）、陳冠榮：《李孝定《甲骨文字集釋》文字考釋》（花蓮：國立東華大學中國語文學系碩士論文碩士論文，2013 年），頁 204～215。

〔註12〕參見于省吾主編、姚孝遂按語編撰：《甲骨文字詁林》，頁 2230～2235。

〔註13〕唐蘭：《天壤閣甲骨文存考釋》（北京：輔仁大學，1939 年），頁 19、島邦男：《殷墟卜辭研究》（台北：鼎文書局，1975），頁 289。

〔註14〕于省吾主編、姚孝遂按語編撰：《甲骨文字詁林》，頁 2883。

〔註15〕參見何景成：《甲骨文字詁林補編》，頁 324～326；原文見何景成：〈甲骨文「督」字補釋〉，《中國文字研究》第 14 輯，（鄭州：大象出版社，2011 年），頁 11。

為「乙亥貞卜，今天日中時分不會下雨嗎？」也可通，但如果考慮這兩辭的行款，如（8）辭的「」視為一個字，其字體大小明顯有別於前面的「乙亥卜，今日其」等字，且若「」為一字，那麼（2）也應當做此字形，但從原拓片來看，「」字已不清晰，但可見此字與「」字的部件左右置換，但同樣的，「」所佔之字格，也明顯突出同辭的其他字體，因此應當將此辭釋為「其至枭雨」、「其至不枭雨」，暫讀為「陣雨」。

《合集》33871　　　　　　　局　部

33871

局　部

二、表示程度大小的雨

（一）大雨

甲骨卜辭中表示「雨」之程度的，有一類為「大雨」，與「小雨」相對，然大小為一種比較，無法客觀量化之。卜辭中亦可見「大雨」、「小雨」兩詞正反對貞之辭例，如：

（1）王其省田，不冓大雨。

（2）不冓小雨。

（3）其冓大雨。

（4）其冓小雨。

《合集》28625+29907+30137【《甲拼》172】

貞問時，常與「遘／冓」相連，顯然是十分在意是否會遇到大雨，如：

其冓大雨。　　　　　　　　　　　　　《合集》30139

庚午卜，翌日辛万其乍，不遘大雨。吉　　《合集》30142

辛酉卜，丁卯不遘大雨。　　　　　　　　《合集》30143

從目前所見蒐羅之卜辭來看，與之較為明確相關的活動是「祭祀」與「田獵」，如：

（1）方叀，叀庚酌，又大雨。大吉

（2）叀辛酌，又大雨。吉

（3）翌日辛，王其省田，䢅入，不雨。茲用　吉

（4）夕入，不雨。

（5）□日，入省田，湄日不雨。

《合集》28628

（1）丁至庚，不遘小雨。大吉

（2）丁至庚，不遘小雨。吉　茲用。小雨。

（3）辛王其田至壬不雨。吉

（4）辛至壬，其遘大雨。

（5）……茲……又大雨。

《合集》28546+30148【《醉》278】

然而就本文所蒐羅之卜辭，「大雨」共有 242 版，可見與祭祀相關的卜辭為 68 版，約佔「大雨」項中的 28.1%；可見與田獵相關的卜辭為 24 版，約佔「大雨」項中的 9.9%。其餘有「大雨」辭例之版，並未見有紀錄其他的活動，因此目前甲骨卜辭中，較明確與「大雨」相關的活動為田獵以及祭祀兩類。

在「大雨」正反對貞的辭例中，常見「不遘大雨」與「其遘大雨」貞卜，如：

（1）不遘大雨。

（2）其遘大雨。

《合集》30130

（3）不菁大雨。

（4）其菁大雨。

《合集》30133

（1）不遘大雨。

（2）其遘大雨。

《合集》41402

（3）不遘大雨。

（4）其遘大雨。

《英藏》2566

司禮義曾指出：「在一對正反對貞卜辭裡，如果其中一條卜辭用『其』字，而另一條則不用，用『其』的那條所說的事，一般都是貞卜者所不願看到的。」〔註16〕因此可以推測卜問時，多半是不希望下大雨的，而前文所見，「大雨」一詞時常與祭祀、田獵之事相關，不想遇到大雨，是十分合理的。又「大雨」時常帶來農作收成的災害，理當也與農業相關，然是否與祭祀、田獵、農業直接相關，尚未在卜辭中有直接的證據，留備一說，俟後待考。唯這樣的辭例中，未見月份，似難進一步由此探析商代的氣候與生活的關係。

（二）小雨／雨小

甲骨卜辭中表示「雨」之程度的，有一類為「小雨」，與「大雨」相對，然大小為一種比較，無法客觀量化之。卜辭中亦可見「小雨」、「大雨」兩詞正反對貞之辭例，如：

〔註16〕司禮義（Paul L-M Serruys），Studies in the Language of the Shang Oracle Inscriptions
（〈商代卜辭語言研究〉），《通報》，1974，卷60，I－3，頁25～33。又見其〈關
於商代卜辭語言的語法〉，《中央研究院國際漢學會議論文集‧語言文字組》（1981
年），頁342～346。

（1）叀小雨。

（2）叀大雨。

　　　　　　　　　　　　　　　　　　　　　《合集》30067

從目前所見「大雨」、「小雨」同版的卜辭來看，似乎寧可有小雨也不希望有大雨，而有時甚至連小雨都不希望有。如：

（1）辛未又小雨。

（2）壬申亡大雨。

　　　　　　　　　　　　　　　　　　　　　《合集》30066

（1）其遘小雨。

（2）不遘小雨。吉

　　　　　　　　　　　　　　　　《合集》9546（《天理》544）

　　但卜辭中大雨、小雨同版的刻辭並不多，即便同版，也未必能見得出兩者之間的關係，因此上引二例也是少數。而與大雨不同的是，作為形容程度的「小」，有時會倒置於雨後，寫作「雨小」，在「大雨」項中就不見寫作「雨大」之辭。亦有學者的斷句採以「雨，小」，便不將小作為雨的補語，而作為前句的補述。如：

　　遘小雨。

　　　　　　　　　　　　　　　　　　　　　《合集》30151

　　甲戌卜，雨小。

　　　　　　　　　　　　　　　　　　　　　《合集》29970

如在驗辭中表示雨勢較小，皆作「允雨小」，而不作「允小雨」，如：

　　……〔今夕〕……之夕允雨小。三月。

　　　　　　　　　　　　　　　　《合集》12533（《合集》40211）

　　……壬介，不隹我示……日戊申允雨小。

　　　　　　　　　　　　　　　《合集》3846正（《懷特》235正）

可惜未見有包含前辭、命辭、占辭、驗辭的辭例可以驗證，究竟是卜問「小雨」後皆作「允雨小」，抑或是卜問「雨」之後，只要雨勢不大，都作「允雨小」，仍未能完全肯定。另外曹錦炎認為甲骨文字中的「⺍」字，為「雨小」合文，

如《合集》20398（10）：「辛丑卜，叀雨，从〔雨〕。甲辰定，雨小。四月。」、
《京》596：「癸亥卜，殼，翌甲子不雨。甲子雨小。」上下作兩行分列，中有
間距。可與「💧」、「💧」、「💧」、「💧」等「小雨」合文相對照。﹝註17﹞

《合集》20398　　　　　　　　　《合集》20398 局部

20398

（三）雨少

「小」、「少」為一字分化，單從構詞來看，「雨小」、「雨少」皆能通讀，而
前項所釋為「小雨」或「雨小」，主要是可與卜辭中「大雨」一詞的緣故，而在
卜辭中有一版「雨小」之詞當與「多雨」相對：

﹝註17﹞ 參見曹錦炎：〈甲骨文合文研究〉，《古文字研究》，第 19 輯，（北京：中華書局，
1992 年），頁 445～460。或有認為可釋為「雨少」，可與「多雨」互為參照，但本
辭問的內容是「下一個甲子日會不會下雨」，回覆「雨小」，是回覆雨勢（會，但
下得小），但如果釋為「雨少」，則是回覆雨量（會，但下得少），因此「雨小」仍
是較合占卜心理的，故在本詞項中採用「雨小」的讀法，多半是這個緣故，而較
能確定讀為「雨少」之例，可見「雨少」一項。

（1）翌庚其明雨。

（2）不其明雨。

（3）〔王〕固曰：易日，其明雨，不其夕〔雨〕少。

（4）王固曰：其雨。乙丑夕雨少，丙寅喪雨多，丁……

《合集》6037 反

（4）辭言「乙丑夕雨少」，正可與後面「丙寅喪雨多」互相參照，干支前後一日能連貫對上，雨之「多」、「少」也互為相對，因此本辭可讀為「王看了兆紋後說：是否會下雨呢？乙丑日的晚上，雨下得少，丙寅日的清晨，雨下得多，丁〔卯〕日……」

《合集》6037 反

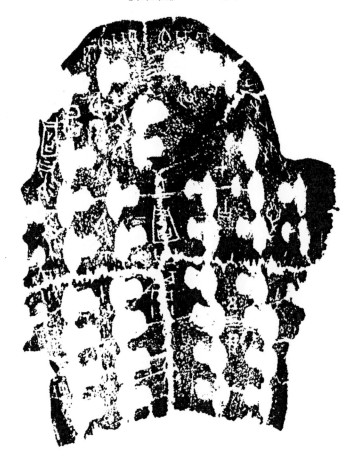

（四）多雨／雨多

甲骨卜辭中「多雨」、「雨多」，在釋義上雖然幾乎相同，但如同「小雨」、「雨小」之詞一般，在語法結構上是有所差異的，前者是以「多」、「小」來修飾「雨」

的狀態，屬於偏正結構的合成詞，而後者則是以補述的方式來形容「雨」，屬於
主謂結構的合成詞；若將雨視為動詞，作下雨之義，亦可視為動補結構的合成
詞。

（五）从雨

甲骨文字中「从」、「比」二字字形形近，然仍有差異，林澐曾對「人」、「匕」、
「从」、「比」等字進行過分組比較，其分期字形表如下：

	人	匕	从	比
武丁𠂤組				
武丁賓組				
祖庚、祖甲				
廩辛、康丁				
武乙、文丁				
帝乙、帝辛				

由上字形表可見，「匕」、「比」字形具有人手上折，以及下肢向後彎曲的特色，
而「人」、「从」的字形則沒有這兩個特徵，尤其在武丁時期以後，匕、比與人、
从的字形區分又更加清楚。〔註18〕雖「从雨」一詞見於各時期，但可通過文例
的比對，其當為「从雨」，而非「比雨」。

郭沫若、鄭慧生將「从雨」釋為「縱雨」，指急雨、驟雨；〔註19〕屈萬里則
釋為「蹤雨」，謂跟蹤即雨，在舞祭之後隨即有雨之意；〔註20〕于省吾認為從者，
順也，當釋為「順雨」，即風調雨順之雨順。〔註21〕

〔註18〕參見林澐：〈甲骨文中的商代方國聯盟〉，《古文字研究》，第六輯，（1981 年 11 月）
　　　　頁 69～74。

〔註19〕參見郭沫若：《殷契粹編考釋》（東京：求文堂書店，1937 年），第 57 條、鄭慧生：
　　　　〈甲骨卜辭所見商代天文、曆法及氣象知識〉，《中國古代史論叢》，第八輯，（福
　　　　州：福建人民出版社，1983 年）

〔註20〕參見屈萬里：《殷虛文字甲編考釋》（台北：聯經出版社，1984 年），頁 295。

〔註21〕參見于省吾：〈釋从雨〉，《雙劍誃殷契駢枝、雙劍誃殷契駢枝續編、雙劍誃殷契駢
　　　　枝三編》（北京：中華書局，2009 年）

與「从雨」相關的辭例，常與祭名、祭祀對象同見，如：

（1）貞：〔叀〕烄妦，屮从雨。

《合集》1131 正

（1）貞：勿烄，亡其从雨。

（3）貞：烄，屮从雨。

（4）貞：烄聞，屮从雨。

《合集》1137+15674（《合補》3799）【《甲拼》32】

（1）〔庚〕午卜，貞：〔翌〕辛未□其酚，屮从雨。

《合集》12681

（1）辛未卜，貞：自今至乙亥雨。一月。

（2）乙未卜，今夕秦舞，屮从雨。

《合集》12820

（2）〔乙〕卯卜，不其〔雨〕。

（3）丙辰卜，今日秦舞，屮从〔雨〕。不舞。

《合集》12827

（1）戊申卜，今日秦舞，屮从雨。

《合集》12828

（2）壬午卜，夶，秦山、？青，雨。

（3）己丑卜，舞羊，今夕从雨，于庚雨。

（4）己丑卜，舞〔羊〕，庚从雨，允雨。

《合集》20975

（1）甲子卜，袞河、岳，从雨。

《合集》30409

與从雨相配的祭名有烄、秦、袞、酚、舞等，其中又以舞祭的次數最多。而祭祀對象包含了岳、河等。從卜問的內容來看，商人求雨，不外乎缺水，需要降雨，以及雨水過多，期望止雨，這兩方面，如為後者，商人多用「寧」，止息的描述，又若需要雨水，也不當是需要急驟的「縱雨」；而謂在求雨之祭，之後隨即有雨，就驗辭來看是合理的，但似不夠貼切，因求雨本就是求未來之雨，旋

即在儀式結束之後降雨，這個時間長度為何，商人沒有明說，《合集》20975 的辭例說明，己丑日以羊為犧牲進行舞祭求雨，問今天晚上就會有從雨嗎？要到庚日才有雨，果然庚日（此庚日可能為庚寅，亦即己丑日的隔天）有從雨。如以「隨即有雨」來解釋「從雨」，讀來就不是那麼通順了，因為「今天晚上馬上會下雨嗎？」後一條卜辭又再重新更正說「庚日馬上就下雨了」，如此一來「隨即」的時間長度就從「今夕」變成「隔日」，就不一致了，另一方面，從所有卜雨之辭中，有明確允雨的驗辭來看，有些是貞卜後隔天就下雨，也有隔兩日或到下一個天干才降雨，因此如果「蹤雨」要能成立，那其降雨的時間，必須要在卜問完以後的一日，甚至半日內，不過目前尚未能見到確切的卜辭可以證明，因此于省吾由義類的方式來釋讀是比較沒有問題的。從，順也，「從雨」釋為「順雨」，即祭祀之後，將有平順、服順的降雨。目前可見卜問「從雨」的月份皆集中在一、二、三月，此為商代的秋季，已為農收時期的尾聲，此為殷人收取無穗秸杆的期間。〔註 22〕在農業社會中，秸杆具有多元的實用性，農民將其曬乾儲藏，可作為柴火、飼料、編織材料、鋪設房頂、遮雨隔熱，亦可作為堆肥還田，這段期間如果有太大的雨勢，或是綿長的降雨，都不利於收取無穗秸杆、曬乾整理，以及焚燒秸杆作為草木灰恢復地力，因此降雨是平順還是急驟，就顯得格外重要。

（六）贊雨

甲骨字形中的「屮」、「𡳐」字，多釋為「由」，或「㽞」字，常見於「屮王事」、「屮王令（命）」、「屮我事」、「屮朕事」、「屮雨」等詞，而陳劍認為此字當讀為「堪」，「屮雨」疑當讀為「甚雨」；蔡哲茂認為此字釋為「贊」，「贊」從「贊」聲，「驟」從「聚」聲，「聚」從「取」聲，故「贊」可通「驟」；因此「屮雨」釋為「贊雨」，即驟雨、暴雨之意。〔註 23〕另一方面，從辭例來看，「攸雨」和「贊雨」相對，故「贊雨」釋為驟雨較為合理。

〔註22〕馮時：《古文字與古史新論》（臺北：台灣書房，2007 年），頁 104。

〔註23〕陳劍：《釋「屮」》，《出土文獻與古文字研究》，第三輯，（上海：復旦大學出土文獻與古文字研究中心，2010 年）頁 1～89、蔡哲茂：〈釋殷卜辭的屮（贊）字〉，《東華人文學報》，第十期（花蓮：東華大學人文社會科學學院，2007 年 1 月），頁 21～50。

三、標示範圍或地點的雨

（一）雨‧在／在‧雨

商人卜雨有時會標注地名，而標注地名有兩個方式，一是先卜問雨，再加上地名；一是先說在某地，再卜問雨。如：

（1）貞：今夕〔不〕雨。

（2）貞：〔其雨〕。在〔四月〕。

（3）貞：其雨。在四月。

（4）貞：其雨。在臽。

（5）貞：其雨。在四月。

（6）貞：今夕不雨。

（7）貞：其雨。

（9）貞：今夕不雨。在五月。

（10）貞：其雨。

（12）貞：今夕不雨。在五月。

（13）〔貞〕：其雨。

《合集》24791+24803【《甲拼三》713】

丁丑卜，在荥，今日雨。允雨。

《合集》33958

同時，「在」之後未必只能加地名，也可以標示月份，如：在某月。而本項「雨‧在／在‧雨」僅揀選「在＋地名」的辭例，「在＋月份」的氣象卜辭，可參見「一日以上的雨，五、月──雨」項。

另外，有時除了地名以外，還會如實記錄「卜」的行為，如：

（2）貞：其雨。在旃卜。

《合集》24365

（1）貞：其雨。在渔卜。

《合集》24368

（2）〔貞〕：其雨。〔在〕臽袋〔卜〕。

《合集》24687

（2）□亥卜，庚寅雨。〔在〕韋卜。

《屯南》1581

因此或許類推，「雨‧在」的卜問形式，可能是指「在某地進行貞卜」，而未必是「貞卜某地會不會下雨」，不過這兩說都能解釋得通，前者是強調「在某地貞卜」，後者的核心問題是「某地會不會下雨」，不過在一般的狀態下，在某地卜，應該也就是問某地之事，於卜辭中尚看不出在某地卜問他地的天氣，因此在意義上仍可視為發生於同一地的氣象貞卜。

四、描述方向性的雨

（一）東、南、西、北——雨

氣象卜辭中卜問降雨，有時會特別標示方向，如：《合集》12870甲除了「癸卯卜，今日雨。」以外，接下來便問「其自東來雨、其自西來雨、其自北來雨」此骨左下殘缺未見，從行款及文義推測，所缺之處應當為「其自南來雨」，而此片各辭的順序應當為「其自東來雨、其自南來雨、其自西來雨、其自北來雨」亦即東、南、西、北，圓形循環的地理觀，而非東、西；南、北，相對方位的地理觀，而此片的形式也十分有趣，其命辭分為兩部份，大前提是問「今天會不會下雨？」隨後又更細膩的問「雨從何方來？」

《合集》12870甲

（二）各雨／徝雨

　　甲骨文字中的「⟨字⟩」字，嚴式隸定作「徝」。「⟨字⟩」與「⟨字⟩」兩字正為上下翻轉之形，姚孝遂認為此為「各」之異體，也應當讀為「各」，[註24] 訓為「來」。「各雨」之「各」，皆用「⟨字⟩」形；「各云」之「各」，皆用「⟨字⟩」形，兩者互不混用。《合集》22487（1）：「乙丑，乎降，又雨。」雨字作「⟨字⟩」，其上半部「⟨字⟩」形即象天之形，因此「⟨字⟩」或象雨自天所降，「⟨字⟩」為天之出口，故開口朝下；「⟨字⟩」或象雲自山地而起，「⟨字⟩」為地勢之形，故基底穩固。「又徝（各）雨」、「亡徝（各）雨」，即有雨來降、無雨來降。卜辭中特別以「各」描述雨，則這類的雨可能由肉眼即可見到其方向，自遠方而來，這樣的雨在現代大氣科學中，有可能是屬於地形雨、對流雨或鋒面雨。[註25]

《合集》24756　　　　《合集》24757　　　　　《合集》33918

〔註24〕于省吾主編、姚孝遂按語編撰：《甲骨文字詁林》，頁783。

〔註25〕鋒面雨為帶有橫向的降水，對流雨為縱向的水氣變化，地形雨則可能同時具有縱向與橫向的降水。

《合集》22487　　　　　　《合集》22487 局部

五、與祭祀相關的雨

（一）尞——雨

甲骨文中的「尞」字，基本構形為中有一木，兩旁或上下有數小點，隸定為「尞」，讀為燎。此字木旁的小點，象燃燒時迸出之火星。《說文》謂：「尞，柴祭天也。」段注云：「燒柴尞祭天也。」就甲骨字形來看，燒柴以祭之說，是很符合的，但燒柴之祭未必只祭天，卜辭中常見「尞犧牲」、「尞先公先王」、「尞自然神名」，也偶見「尞人牲」等用法。〔註26〕

（二）酻——雨

甲骨文中的「酻」字，基本構形為從酉從彡，「彡」在甲骨文作「彡」，隸定為「酻」，李孝定謂：「從彡象酒滴沃地以祭之象也」是為灑酒之祭。〔註27〕

在「酻」和「雨」同時出現的卜辭當中，扣除雨字前有殘漏字，以及重複計算的卜辭，共有 92 條可以確認為貞卜何種雨，其中最突出的是「彡雨」以及「彡大雨」共 52 條，其佔比也超過一半 56%。

〔註26〕《合集》1039：「……尞白人。」姚孝遂認為，「白人」當指膚色，如同「白牛」、「白馬」、「白羊」的性質類同，因甲骨文中的「白」與「百」字區分嚴格，不當混淆。參見姚孝遂：〈商代的俘虜〉，原載於《古文字研究》第一輯（北京：中華書局，1979 年），又收於《姚孝遂古文字論集》（北京：中華書局，2010 年），頁 377～378。

〔註27〕參見李孝定：《甲骨文字集釋》，頁 4399、陳年福：《甲骨文詞義類舉》，（上海：上海古籍出版社，2007 年），頁 76。

甲骨文中有「屮」、「又」二字，前字隸定為「屮」，後字隸定為「又」，在嚴格的區分下，前字為「有」之義，後字則可作福祐之「祐」、侑祭之「侑」、左右之「右」、再又之「又」，但據裘錫圭的考察，「屮」、「又」二字在不同的組別或同用一字、或分用兩字、：「例如賓組既有『又』，又有『屮』，二者用途有別，歷組只有『又』，凡賓組用『屮』的場合歷組都用『又』。」﹝註28﹞而本詞項所收錄之卜辭，亦按此標準，故「又雨」、「又大雨」皆是「又」字，從辭例來看，應當讀為「有無之有」，因此排除後重新計算，除了沒有特別描述的「雨」佔了41%以外，次多的就是「大雨」，佔 32%，也就是大約每三次卜雨，會有一次問是否有「大雨」。（見下表）

酚・雨統計表一		
雨之類型	出現次數	比　例
雨	12	13%
明雨	3	3%
夕雨	1	1%
日雨	1	1%
不其雨	2	2%
亡雨	1	1%
允雨	2	2%

酚・雨統計表二（排除「侑」）		
雨之類型	出現次數	比　例
雨	38	41%
明雨	3	3%
夕雨﹝註29﹞	1	1%
日雨	1	1%
不其雨	2	2%
亡雨	1	1%
允雨	2	2%

﹝註28﹞裘錫圭：〈論「歷組卜辭」的時代〉，《古文字論集》，（北京：中華書局，1992 年）頁 282。

﹝註29﹞本項中可能有 8 條「夕」相關的雨，見下表：

合集	30841	（2）叀今夕酚，又雨。
合集	30846	（2）夕酚，又雨。
合集	34503	□巳，貞：今夕□，乙亥酚，雨。
合集	11484 正+《乙》3349+《乙》3879【《契》382】	（1）□丑卜，㱿，貞：翌乙□酚黍爯于祖乙。王固曰：屮希，……不其雨。六日□午夕，月出食，乙未酚，多工率紺冒。
合集	20968	丙戌卜……日酚黍……牛……昃用……北往……雨，之夕……亦雨。二月。
合集	29992	其酚方，今夕又雨。吉　茲用
合集	13399 正	己亥卜，永，貞：翌庚子酚……王固曰：茲隹庚雨卜。之〔夕〕雨，庚子酚三嗇云，疊〔其〕……既祉，攺。

但只有《合集》13399 正的「之夕雨」可以確認為卜問「夕的時間段的降雨」，其他辭例都只能說是在「夕的時間段求雨」。

藉雨	1	1%
不藉雨	4	4%
又藉雨	1	1%
又雨	26	28%
又大雨	26	28%
□大雨	3	3%
不雨	7	8%
从雨	1	1%
小雨	1	1%
小計	92	98%

藉雨	2	2%
不藉雨	4	4%
又藉雨	1	1%
又雨	26	28%
又大雨	26	28%
□大雨	29	32%
不雨	7	8%
从雨	1	1%
小雨	1	1%
小計	92	99%

卜問「大雨」的卜辭只見於無名類以及何組一類、何組二類，在時代上屬於廩辛、康丁至武乙、文丁時期，也就是商代中期至晚期的區間，相較於中期以前卜問大雨的狀況，還能見到「今日小采允大雨」（《合集》20397）、「丙辰中日大雨自南」（《合集》21021）、「九日辛亥旦大雨自東」（《合集》21025）、「今夕其大雨疾」（《合集》3537 正）、「今日其大雨」（《合集》12598）、「其虫大雨」（《合集》12704）、「亡其大雨」（《合集》12707）、「亡大雨」（《合集》12708）……等豐富記錄、正反貞問的卜辭，但至中晚期所問「大雨」，基本只分為「遘／不遘大雨」、「祭祀＋大雨」這兩大類，前者多半見於田獵卜辭，且時常見「不遘大雨」、「亡大雨」等辭，也在正反對貞中可推知，商人出獵時並不希望遇到雨、遇到大雨（參見「大雨」義類，以及「大雨」詞項）；而關於後者，目前所見的祭祀與大雨相關的卜辭，只見「某祭＋大雨」，同版也未見有其他相關的線索可以解決這個問題，或許只能說這段時間商代的氣候可能已經和商代早期不同，因此常問是否有「大雨」。

（三）秦——雨

「秦」字讀為「禱」，在甲骨文字中也是很常見的祭祀方法，即是所謂的「祈求之祭」，除了「秦年」、「秦禾」，祈求豐收以外，也常與天氣現象結合，屬於祈雨的一種，另除了祈雨以外，也有作為「除災」之功用，用作「除災之祭」，至帝乙帝辛時期，「秦」則較少用於祈雨，多用於除災，且因凸顯時王對鬼神、祖先之敬畏，而產生「恭謹迎神」之意。〔註30〕

〔註30〕參見陳劍：〈據郭店簡釋讀西周金文一例〉，《甲骨金文考釋論集》，頁 33、龍宇純：

（四）侑——雨

甲骨文字的「彳」在卜辭中有五類的用法：「有無之有」、「福佑之佑」、「侑祭之侑」、「左右之右」、「再又之又」，〔註31〕然甲骨卜辭或因用字精簡、「屮」、「彳」二字同用、分用，或因殘泐不全，使得氣象中見有「彳」的辭例，不易判斷，諸如卜辭常見的「彳雨」、「彳大雨」，據辭對貞辭例：「亡雨」可知，此詞當讀為「有雨」、「有大雨」；而部份辭例雖見有祭名或犧牲，「彳」也未必釋為本詞項欲討論的「侑」字，如：

（2）：「于壬酚，彳大雨。」

（3）：「于癸酚，彳雨。」

《合集》30038

（1）：「叀羊，彳雨。」

（2）：「叀小宰，彳雨。」

《合集》29656

上見之「彳」，皆亦讀為「有」。但因「彳」字用法甚多，本節所收之「侑——雨」，盡可能以較為確定之辭例為主，如：《合集》32470（1）：「癸亥又歲大甲，雨。」、《合集》32327（2）：「又匸于上甲，不冓雨。」〔註32〕

（五）熯——雨

甲骨文有一字作「熯」，下半部為火形，上半部為人形，早期認為從交或從文，因此隸定為「焌」、「炆」，但裘錫圭考證「熯」字的「黃」並非交，當是「黃」字的異體，隸定為「熯」，讀為「焚」而「文」、「焚」皆是文部合口字，上半部

〈甲骨文金文枼字及其相關問題〉，《中央研究院歷史語言研究所集刊》第 34 本下冊（臺北：中央研究院歷史語言研究所，1963 年），頁 412～415、朱歧祥：《殷墟甲骨文字通釋稿》（台北：文史哲出版社，1987 年），頁 270～271。

〔註31〕 參見裘錫圭：〈論「歷組卜辭」的時代〉，《古文字論集》，（北京：中華書局，1992年）頁 282、趙誠：〈古文字發展過程中的內部調整〉，《古文字研究》第十輯（北京：中華書局，1983 年），頁 362。

〔註32〕「歲祭」為商人一年之中每月都進行祭祀祖先的常祭，其目的為「求雨豐年」和「求王福佑」。參見朱歧祥：《甲骨文讀本》（台北：里仁書局，1999 年），頁 123～124。「匸祭」讀為「報祭」，為「報塞神靈福賜之祭祀」。參見趙誠：《甲骨文與商代文化》（瀋陽：遼寧人民出版社，2000 年），頁 181。

寫作「文」形，有可能是兼取其聲。〔註33〕陳夢家整理叀的三種形式：「叀‧雨」、「叀巫」、「叀于某」，〔註34〕一方面串連叀和雨的關係，也藉由辭例可以探討叀的身份以及祭祀的進行方式。叀的構形象投人於火，為用人牲求雨之祭，其獻祭的人牲，從甲骨氣象卜辭來看，直接在「叀」字後作賓語的，多數是被焚來求雨的人名，如：婞、妆、嬄……等，皆以女子為主，更進一步推斷，其身份應為「巫尫」，古時因宗教或習俗上的理由，可能也會以地位較高的人作為犧牲，表其誠意，又何況古時巫者為連結天人之間的橋樑，故「焚巫尫」是很合理的，也可能就是古書中的「焚巫尫」的求雨儀式。〔註35〕另裘錫圭也找到一版除了焚人求雨之外，還有「作龍」求雨的證據：

重庚叀，又〔雨〕。

其乍龍于凡田，又雨。

……雨。吉

《合集》29990

「作龍」與「焚巫尫」於同版出現，且辭中並明言作龍的目的，在為凡田求雨，因此可知「龍」，就是求雨的土龍。〔註36〕此字一至四期皆有見，唯第五期未見，或商代末期帝乙、帝辛時代，氣候已跟前期不同了。〔註37〕而與「叀」相關的雨卜辭，絕大部分都是卜問雨的類型是「出雨」、「出從雨」、「亡其雨」、「亡其從雨」等，也代表著，當時焚巫尫求雨，當是祈求「從雨」亦即平順之雨。

〔註33〕參見裘錫圭：〈說卜辭的焚巫尫與作土龍〉，《裘錫圭學術文集‧甲骨文卷》（上海：復旦大學，2012 年），頁 194～204。

〔註34〕陳夢家：《殷墟卜辭綜述》，頁 602。

〔註35〕參見裘錫圭：〈說卜辭的焚巫尫與作土龍〉，《裘錫圭學術文集‧甲骨文卷》，頁 194～204。

〔註36〕參見裘錫圭：〈說卜辭的焚巫尫與作土龍〉，《裘錫圭學術文集‧甲骨文卷》，頁 194～205、王平、〔德〕顧彬：《甲骨文與殷商人祭》（鄭州：大象出版社，2007 年），頁 100～103。

〔註37〕參見彭慧賢：〈商末紀年、祭祀類甲骨研究〉，《元培學報》第 16 期（2009 年 12 月），頁 70。

（六）敊——雨

甲骨文字中的「敊」，象從手持木於示前為祭名，嚴式隸定作「敊」。姚孝遂認為，「敊」與「夋」形義有別、祭祀對象亦不同，兩者當不可混用。[註38]

氣象卜辭中，敊與雨的辭例並不多，尚無法見到兩者的關係，存以待考。

（七）舞——雨

甲骨文中有舞字，象一人兩手執舞器。第二期以前不加雨，第二期以後加雨。

在辭例中，舞、霖多和雨同時出現，且與祈求降雨有關，如：

> 于翌日丙霖，又大雨。吉
>
> 王其乎戉霖盂，又雨。吉　　　　　　　　　《合集》30041
>
> 戊寅卜，于癸舞，雨不。
>
> 乙未卜，于丁舞。
>
> 乙未卜，其雨丁不。四月。
>
> 乙未卜，翌丁不其雨。允不。　　　　　　　《合集》20389

若是以舞的方式進行祈雨，在占辭之後如有判斷吉凶之詞，皆為「吉」，但也未必所有以舞為祭時，都是有正面祈求的，也有希望不要下雨的例子，因此舞祭沒有絕對都是希望下雨，或都是不希望下雨，需依吉凶斷詞，或多條辭例參照，才能判斷。

（八）寧——雨

甲骨文中有一字，上半部為一器皿，下半部從乎，皿內、皿外或有數小點，或無點，各期字形基本一致。此字隸定為「乎」，讀為寧。（見下表）《說文》據小篆字形，認為從血，姚孝遂、肖丁認為「上象皿中盛犧血形」[註39]，如《合集》34137：「甲戌，貞其乎風，三羊、三犬、三豕。」、《合集》34144：「庚戌卜，乎于四方其五犬。」皆用到犧牲，因此就字形與辭例來看，寧祭，當以犧牲獻血為祭。

〔註38〕于省吾主編、姚孝遂按語編撰：《甲骨文字詁林》，頁 1071。

〔註39〕姚孝遂、肖丁：《小屯南地甲骨考釋》（北京：中華書局，1985 年），頁 134。

　　寧有安義，卜辭中的「寧雨」、「寧風」等辭，即為祈求風雨安定、止息之義，此類辭例已有許多討論，基本上沒有太大的分歧，故不一一贅述。〔註40〕而在出現「寧雨」、「寧風」辭例的同版刻辭，時常都伴隨著天氣現象，如：

　　　　甲午卜，乙未于𤉲，易日……

　　　　戊申卜，尋雨。　　　　　　　　　　　　　　　《合集》33137

　　　　叀甲其尋風。

　　　　癸未卜，其尋風于方，又雨。　　　　　　　　　《合集》30260

《合集》33137 這兩辭，在第一辭說甲午這天卜問，隔天向「𤉲」（）祈求，是否變天……自甲午這天占卜後的第十五天，戊申這日又卜問，內容很簡單，希望可以停雨了，只可惜第一辭易日後的文字已殘，無法確切知道在甲午日占卜時，的天氣狀況，是原本就在下雨，希望可以撥雲見日，但一直沒變好天；還是當時需要雨水，但一下十多天，所以希望雨停下來。而《合集》30260 則見到了商人對於風、雨的關係，同樣是風雨之間的關係，《屯南》有一版卜辭更能清楚的說明：

　　　　叀豚用。

　　　　其尋風雨。

　　　　庚辰卜，辛至于壬雨。

　　　　辛巳卜，今日尋風。

　　　　生月雨。　　　　　　　　　　　　　　　　　《屯南》2772

此版說用豚為犧牲，期望風雨停歇，庚辰日才卜問明日、後日是否有雨，隔天辛巳就再問風是否會停，此骨完整，因此只言「尋風」，不再說「尋風雨」，顯然雨已停，至於何時會再降雨，占者說：下個月。因此不只前所提到，商人對雨和雲之間的天氣關係有一定的認識，也了解雨和風之間具有相伴的關係，時常是有風就會帶來雨。

〔註40〕　參見于省吾：《雙劍誃殷契駢枝三編》（北京：中華書局，1944 年），頁 16、陳夢家：《殷墟卜辭綜述》（北京：中華書局，1956 年），頁 575～576、朱芳圃：《殷周文字釋叢》（臺北：學生書局，1972 年），卷上，頁 46、姚孝遂、肖丁：《小屯南地甲骨考釋》，頁 134～135。

（九）宜——雨

甲骨文字的宜字，象切割犧牲肉品之形，而氣象卜辭中除了「宜·雨」這類的用法以外，也有一詞寫作「求雨娥」，裘錫圭認為，「宜」與從宜聲的「誼」字跟「義」字，是通同字，又義從我聲，同樣的娥也從我聲，因此娥當可讀為宜，「求雨娥」可讀為「求雨宜」，應該就是求雨水得宜的意思，也可說是一種祭。〔註41〕

（十）卸——雨

甲骨文字的卸，從卩午聲，訓為御，讀為禦，有祓除、攘除之義，商人舉行御祭的原因，是因為發生了不祥之事，因此卸祭的作用當為祓除不祥、攘災祈福。〔註42〕

（十一）冊雨／燑雨

甲骨文字中從冊從口的「冊」字，于省吾讀為「刪」，即今言「砍」，為用牲之法，但劉桓認為「冊」並非用牲之法，而是一種禮儀性的告祭，因商代祭祀頻繁，用牲數量極多，難免有犧牲不足的狀況，另一方面也避免浪費，因此有時以「冊告」代替，而冊告不同於口頭之告，是鄭重其事的將祭祀用牲之情況，記載於典冊上的告。〔註43〕

甲骨文字另有從冊從火的「燑」字，僅見《屯南》4513+4518（10）：「辛丑卜，燊燑，从。甲辰人定，小雨。四月。」一例，似僅見姚孝遂釋為地名，未見其他論點。〔註44〕然若從冊從口的「冊」為記載典冊的口頭之告，「燑」有可能為將典冊所載犧牲之文，焚火以告，在邏輯上有相通之處。

〔註41〕參見裘錫圭：〈釋「求」〉，《裘錫圭學術文集·甲骨文卷》，頁278～279。

〔註42〕參見張玉金：〈釋甲骨文中的「御」〉，《古文字研究》，第24輯，（北京：中華書局，2002年），頁71～75、彭慧賢：〈商末紀年、祭祀類甲骨研究〉，《元培學報》第16期（2009年12月），頁73。

〔註43〕參見于省吾：〈釋冊〉，《甲骨文字釋林》（北京：中華書局，1979年），頁172～174、劉桓：《甲骨集史》（北京：中華書局，2008年）轉引自何景成：《甲骨文字詁林補編》，頁721。

〔註44〕于省吾主編、姚孝遂按語編撰：《甲骨文字詁林》，頁2978。

（十二）呇雨

甲骨中的「呇」字嚴式隸定為「呇」，李宗焜、朱歧祥隸定為「去」。[註45]甲骨文字中的「去」可作離去或去除之義，於「呇雨」詞項中，應用「去除」義。如：《屯南》679：「甲申卜，呇雨于河。吉」，指舉行去除雨的儀式，向河祭祀。而《合集》24398（3）：「甲寅卜，王曰：貞：王其步自𠂤，又呇自雨。才四〔月〕。」如將「呇」釋為「離去」，讀為「王自𠂤出發，又自雨離去」，於邏輯並不合宜，如同樣釋為去除雨的儀式，則較易通讀：「親自舉行除雨之祭」。因此「呇雨」應當也視為與雨相關的祭祀。

（十三）祭牲──雨

甲骨卜辭中的祭祀，時常使用動物作為犧牲，而在祭祀卜雨、求雨相關的卜辭中，見有以「牢」、「牢」、「牛」、「羊」、「豕」、「豚」[註46]、「羌」等，作為祭品。

六、與田獵相關的雨

（一）田‧雨

在甲骨卜辭中的田獵刻辭中，天氣現象是時常出現的一個元素，而這其中又以雨為最常見，其邏輯十分簡單，因影響田獵的順利與否，天氣佔了很大的比例，尤其田獵之事必然在戶外進行，在這類的卜辭中，也常問是否「溝雨」，也就是出外打獵、審視田園獵場時，是否會遇到雨，這與其他類型氣象卜辭更直接的表示，人與天氣現象的接觸，同時商代的田獵區可能離王城區較遠、範圍較大，田獵刻辭中問雨的時間單位多用「今日」或「湄日」，也就是一整天，意味著田獵之事的進行時間也相對較長，因此以「日」為單位是較為合宜的。

（二）獵獸‧雨

商代捕抓野生動物的方法甚多，而在氣象卜辭中，卜風或是有風的狀況下，相關的可見獵捕方式有：戰（狩獵）、畢（禽獲）、隻（捕獲）等幾種，而本項

〔註45〕李宗焜：《甲骨文字編》（北京：中華書局，2012 年），頁 93～94、朱歧祥編撰、余風、賴秋桂、錢唯真、左家綸合編：《甲骨文詞譜》（臺北：里仁書局，2013 年），頁 2‧448。

〔註46〕單育辰認為「豚」指的是小豬。參見單育辰：〈說甲骨文中的「豕」〉，《出土文獻》，第九輯，（上海：中西書局 2016 年）頁 11～12。

中有些辭例並非在同一條見有雨和獵捕方式，但從同版他辭可知此版為貞卜田獵之事，因此也一併收錄。

七、對雨的心理狀態

（一）弓雨

甲骨文中的否定詞主要有「勿」、「弓」、「弜」、「弗」、「不」、「亡」……等，其中「勿」、「弓」、「弜」等字用法較為相近，屬於副詞性，其後可接謂語；「不」、「弗」等字用法較為相近，屬於副詞性，其後可接謂語；「亡」字為動詞性，其後可接名詞、代詞、數詞和量詞。總體來說，「勿」、「弜」、「弓」表示意願，一般白話作「不要」；「不」、「弗」表示可能性和事實，一般白話作「不會」；「亡」表示狀態，一般白話作「沒有」。〔註47〕

以上否定詞與甲骨文中的「雨」字，構成詞組的有：「弓雨」、「弜雨」、「不雨」、「弗雨」、「亡雨」等，但其中以「不雨」的詞頻最高，且遠高於「勿雨」、「弓雨」、「弜雨」以及「弗雨」。（「亡雨」表示有無的狀態，不與之相比。）

另外，裘錫圭指出，「不」和「弗」在各期卜辭中都很常見，但「弓」、「弜」則有明顯的落差。用作否定詞的「弓」多見於第一期和第二期前期卜辭，第二期後期以後，僅少見於廩辛卜辭中，其他各期皆極少見，而「弜」則恰好相反，從不見於第一期的賓組卜辭，以及第二期前期卜辭，而是大量見於第二期後期以後的卜辭，是否有可能類似「侑」與「有」的關係，在第一期和第二期前期的卜辭，「侑」和「有」都寫作「㞢」，「又」和「祐」則作「又」。但在第二期後期以後，不用「㞢」字，而用「又」字替代，因此「侑」和「有」等義的「㞢」和「又」，在各期裡出現的情況，是平行的現象，但也不排除，「弓」、「弜」如同「㞢」、「又」，是表示兩個不同的意思。〔註48〕

甲骨氣象卜辭中弓與雨有直接關係的卜辭並不多，僅見六例，弓與雨的關係多屬於間接關係，幾乎都以「弓＋祭祀動詞」的形式出現，如：「弓烄・雨」、「弓舞・雨」、「弓叔・雨」、「弓㚔・雨」、「弓侑・雨」、「弓罜・雨」、「弓帝・雨」等。其中「弓烄・雨」共見七版為最多。

〔註47〕參見裘錫圭：〈說弜〉，原載於《古文字研究》第一輯，（北京：中華書局，1979 年）又載於裘錫圭：《裘錫圭學術文集》（上海：復旦大學，2012 年）今引文據後者，頁 15～19。

〔註48〕參見裘錫圭：〈說弜〉，《裘錫圭學術文集》，頁 17。

（二）弜雨

甲骨氣象卜辭中弜與雨有直接關係的卜辭並不多，僅見五例，但其中一例，《合集》28425（2）辭作：「**弜**，亡雨。」同時（4）作：「**弜**。」，顯然「弜」之主語省略，不要去做的事情，應是指（3）辭中，在田獵卜辭中很常見的「弜田」一事。

弜與雨的關係在甲骨卜辭中較為間接，多半是以「弜＋動詞」其後再接「雨」的形式出現，如：「**弜**舞‧雨」、「**弜**枭‧雨」、「**弜**焫‧雨」、「**弜**夋‧雨」、「**弜**田‧雨」、「**弜**戰‧雨」、「**弜**步‧雨」……等。其中又以「弜＋祭祀動詞」以及「弜＋田獵動詞」最常見。

（三）不雨

否定詞與甲骨文中的「雨」字，構成詞組且詞頻最高的即「不雨」一項，從一般邏輯來說，「不雨」亦即「不會下雨」，這也是先民貞問天氣時最關心，且最自然的反應，因降雨是現實情況，而非個人意願所能控制，因此「不會下雨」是最直覺的自然語言，而前所提及之「𩆜雨」、「弜雨」，當說是「不要下雨」，應當是省略主語：「帝」，請求天帝不要降雨。

（四）弗雨

甲骨文中的「不」和「弗」在各期卜辭中都很常見，但在描述雨的時候，「不」＋「雨」的詞頻，要比「弗」＋「雨」頻繁得多，這可能是商人用字的習慣，而且使用「弗」字描述雨之構詞，多半會附加雨的狀態，比如：「弗壱雨」、「弗从雨」等，又或者以套語的形式出現，如：「弗及今夕／今某月……雨」。

（五）亡雨

甲骨氣象卜辭中的「亡雨」，與「𩆜雨」、「弜雨」、「不雨」、「弗雨」表示意願、狀態不同，而是很具體的卜問「有無」。而「亡」字其後除了「雨」以外，卜辭中也常見「亡𡆥」、「亡戈」等語，這類語詞也常見與天氣相關，常見的語境如：「今天、今夕／省視田地或打獵，是否有災禍，將會下雨嗎？」此類雖與氣象卜辭「亡雨」直接相關，但亦收錄文中，作為參考。另一語境則是發生在祭祀時，「用某祭／祭祀某先公先王、神祇，是否會下雨。」

（六）正雨

「正雨」一詞歷來有，其中以陳夢家釋為「足雨」、「時雨」，謂雨量充足、合時之雨、饒宗頤釋為「是雨」謂「是」、「時」古音義俱通，為即時之雨。〔註49〕此二意見為主流。而後劉釗在〈卜辭「雨不正」考釋──兼《詩‧雨無正》偏題新証〉一文中，對字形與辭義做了詳盡的考辨：甲骨文「正」字作「𤴓」、金文作「𤴯」；甲骨文「足」字作「𤴤」、金文作「𤴔」，兩字的區別嚴格，互不相混，字形演變的過程也並不相同，甲骨文「正」字的上部皆作方形，金文的上半部雖由方轉圓，但金文的正字之圓形皆為實心，這與金文「足」字上半部的圓圈不同。而甲骨文的「足」字為腳掌至膝蓋這段的象形，因此金文「足」字的圓圈為脛骨與髕骨一段的簡省之形，因此「𤴓雨」當釋為「正雨」，不可釋為「足雨」。據古文用例，正，中也，直也，可引申有適當、正當之義，又古音「正」為章紐耕部，「當」為端紐陽部，聲皆為舌音，韻為旁轉，故卜辭中所謂「雨正」、「正雨」，亦即「雨下得適當」、「適當的降雨」，反之「雨不正」，意指「雨不當」，「雨不正辰」，即表示「雨下得不是時候」。從字形、文義通讀來看，都較「雨下得足不足夠」更符合卜辭語境。〔註50〕

（七）壱雨

甲骨文中的「𡦓」字，從止從它，隸定為「壱」，指災害禍事，用為患害之義，而氣象卜辭中的「壱雨」，則表示帶來禍害之雨，是商人並不想遇見的降雨類型，但從「壱雨」相關的版次中，僅與祭祀活動相關，可能是指「向／不向祭祀對象祭祀，是否會降下帶來災禍的雨勢。」

（八）求‧雨

甲骨文中的「𣘻」、「𣗥」、「𣗗」、「𣗩」、「𣗭」等字形，隸定為「希」，假借為「祟」，然裘錫圭在〈釋「求」〉一文中由金文「求」字上溯甲骨，以「求」跟「得」為互相呼應的對詞：「求雨」、「求年」、「求方」、「求戎」、「求我」、「求 A 于 B」、「求牛」、「求羊」……等等的卜辭例，皆可通讀，並認為那些原讀為「祟」的「旬有祟」、「羌甲祟王」、「南庚祟王」也應釋為「求」。「求」和「咎」上古音

〔註49〕陳夢家：《殷墟卜辭綜述》，頁 524～525、饒宗頤：《殷代貞卜人物通考》（香港：中文大學，1959 年），頁 507～508。

〔註50〕劉釗：《古文字考釋叢稿》（湖南：岳麓書社，2005 年），頁 71～78。

皆為群母幽部字，所以「求」可讀為「咎」，而「求」大概是「蛷」的初文，求
索則是作為假借義，是故以為此字不當假借為「祟」字。〔註51〕

（九）雨──吉

商人卜雨有時也會加入對於此次卜問的期待，最常見的形式是在卜辭最
後加上「吉」、「不吉」、「大吉」、「引吉」等語，表示此次卜問的內容是否為
好的徵兆，而卜辭中有吉凶之語，多半都與商王的行動有直接關係，如：田
獵、前往某地、祭祀等，也見有王自己評斷吉凶，如：「王固曰：吉。」之語。
另一部份有吉凶之語的氣象卜辭，則是較為單純的卜問降雨，因此未見與商
王的關係。

（十）令雨

令者，命也，令雨為命令其降雨。商代敬畏的神祇包含先公先王、自然神
等，其中又以「帝」的地位最為崇高，且在氣象卜辭中常見有「帝令雨」之辭，
其意味著「帝」具有主宰天氣的能力，故「令雨」的主語應是「帝」，卜辭中有
時會省略「帝」，而直接刻寫「令雨」。

八、一日之內的雨

（一）夙──雨

卜辭中「夙」，從夕從丮，寫作「𩁹」，約為凌晨四、五時，而卜辭中有一
字形從木從丮，或從中從丮，作「𣎺」、「𣎺」，一般隸定作「枛」（亦有見隸定
為𢼸）。于省吾認為枛為藝之古文，古音埶與從爾得聲之字音近通借，故枛讀為
邇，邇訓近，「王其枛入不冓雨」，言「王其近入不遇雨」。李宗焜認為枛為時稱，
當在暮後夕前；沈培則分析枛有動詞、時間名詞、地名的用法，放在動詞之後
的「枛」作為動詞，指早起做事，而放在動詞前的「枛」經常跟時間名詞對言，
應當看成時間名詞，即為「夙」，夜盡將曉之時。〔註52〕

〔註51〕參見裘錫圭：〈釋「求」〉，《裘錫圭學術文集・甲骨文卷》，原載於《古文字研究》
　　　　第十五輯（北京：中華書局，1986 年）、《古文字論輯》，後收於《裘錫圭學術文集》。
　　　　今引文據《裘錫圭學術文集》，頁 274～284。

〔註52〕參見李宗焜：〈卜辭所見一日內時稱考〉，《中國文字》新 18 期，（台北：藝文印書
　　　　館，1994 年），頁 194～195、沈培：〈說殷墟甲骨卜辭的「枛」〉，《原學》，第三輯，
　　　　（北京：中國廣播電視出版社，1995 年）頁 75～110。

　　本詞項所收與「夙」相關的雨類卜辭，僅見兩條為從木從夕的「夙」字，其餘則為從木從丮或從屮從丮的「夙」字，前一類的「夙」字在卜辭例中皆直接寫作「夙」，後一類的「夙」字在卜辭例中則寫作「𣏚」或「𢀳」。

　　跟「夙」相關的氣象卜辭中的雨詞項，幾乎都是以否定的面向問雨，如：「不雨」、「不冓雨」等。在「夙──雨」一節中所收錄的版數為 20 版，其中 14 版中的卜辭直接以「不」為問句，比例高達 70%，其中還不包含從前後辭語境參照的卜辭，如：《屯南》2358（2）雖然是用正面的方式問「其冓雨」，但如將「其冓雨」前面的「弜𢀳田」，以及（1）辭「王其𢀳田，不冓雨。大吉。茲允不雨。」對照參看，都可知這次貞問的意圖，都是不希望降雨的。同樣的《合集》16131反，裡頭先問「其夕雨」，但問到「夙」時，並不問是否下雨，而是直接問「夙明」。可完整確定以正面問雨的辭例，僅有《合集》27951：「〔叀〕先馬，其𢀳雨」一辭。另因辭例不全之卜辭，便不予納入計算，如：《合集》28574：「〔王〕其田𢀳……冓雨。」

（二）旦──雨

　　卜辭中「旦」指日出之時，約為早上六時。〔註53〕

（三）明──雨

　　卜辭中「明」與「朝」，均表示日出月沒之時，時間約與「旦」相當，此三時稱的先後順序為：「旦」、「明」、「朝」。〔註54〕

（四）朝──雨

　　卜辭中「明」與「朝」，均表示日出月沒之時，時間約與「旦」相當，此三時稱的先後順序為：「旦」、「明」、「朝」。〔註55〕

（五）大采──雨

　　大采又稱大采日，其時間應在「大食」之前，略當於「朝」，因此可推知，「大采」約在早上七點，日剛出之時。〔註56〕采，即彩，或指日暈光華，上午

〔註53〕參見李宗焜：〈卜辭所見一日內時稱考〉，頁 179。

〔註54〕參見李宗焜：〈卜辭所見一日內時稱考〉，頁 181～182。

〔註55〕參見李宗焜：〈卜辭所見一日內時稱考〉，頁 179～181。

〔註56〕參見李孝定：《甲骨文字集釋》，頁 2012～2013、董作賓：「大采、小采，亦稱大采

日光初出之「采」，即可能指朝霞。

　　大采與雨相關的氣象卜辭並不多見，僅有 10 版，其中有 4 版直接紀錄與王相關，並有兩版為「王往于」某地，其中一版《合集》12814 正之地名為「亶」（敦），此地名于殷卜辭中多見，並可見此地為商王的田獵之地，如：

　　　　乙亥〔卜〕，貞：王其田亶，亡戈。　　　　　　　　　《合集》33569

　　　　戊申王卜，貞：田亶，往來亡災。王凬曰：吉。《合集》37403

　　　　（2）戊辰王卜，貞：田亶，往來亡災。王凬曰：吉。茲卬。隻
　　　　　　鹿二。

　　　　　　　　　　　　　　　　　　　　　　　　　　　　《合集》37421

　　　　（5）辛未卜，貞：王田亶亡災。

　　　　（9）……貞：王田亶亡災。　　　　　　　　　　　　　《屯南》660

　　可見亶地從武丁時期、祖庚、祖甲時期，以及帝乙、帝辛時期，[註57] 皆有商王的田獵紀錄，故可推知，《合集》12814 正（4）：「乙卯卜，㱿，貞：今日王往于亶……之日大采雨，王不〔步〕……」應當是說：乙卯日由㱿貞卜，今天王到亶地（田獵？）……結果這天早上下了雨，王不要出發……

　　廩辛至文丁時期（第三期、第四期）有幾條卜辭與亶有關：

　　　　辛卯卜，翌日壬王其△于亶亡災。　　　　　　　　　《合集》28915

　　　　庚辰卜，翌日辛王其△于亶亡災。　　　　　　　　　《合集》28916

　　　　辛未卜，翌日壬王其△于亶亡災。　　　　　　　　　《合集》28917

　　「其△于亶」的△字寫作「」，歷來諸家學者考釋多有分歧，羅振玉釋為「徬」，商錫永釋為「弒」、郭沫若釋為「迭」、楊樹達釋為「迲」，陳煒湛則認

日、小采日，其時間，一在大食之前，一在小食之後，大采略當于朝，小采略當于暮也……則可知『大采』相當於『朝』，而『小采』相當於『夕』，于殷代則為『小采』與『暮』也。大采、小采之時間，於此可以確知，惟其命名之義，或為『朝日』、『夕月』時，五采三采之服章？或為日初出，日將沒時，光彩之強弱，今已不可詳矣。」《殷曆譜》（臺北：中央研究院歷史語言研究所，1992 年）上編卷一，頁5。

〔註57〕分期分類標準參見：黃天樹：《殷墟王卜辭的分類與斷代》（台北：文津出版社，1991 年）、楊郁彥：《甲骨文合集分組分類總表》（台北：藝文印書館，2005 年）

為此字當從屯，應釋為「迍」，訓為「守」，即迍于某地，勒兵而駐之，與軍事行動更為接近。〔註58〕因此儘管無法證明在廩辛至文丁時期（第三期、第四期）「韋」是否作為田獵活動，但商王可將軍隊集合據守在此地，「韋」為當時的領地應當無疑。

《合集》28915　　　　《合集》28916　　　　《合集》28917

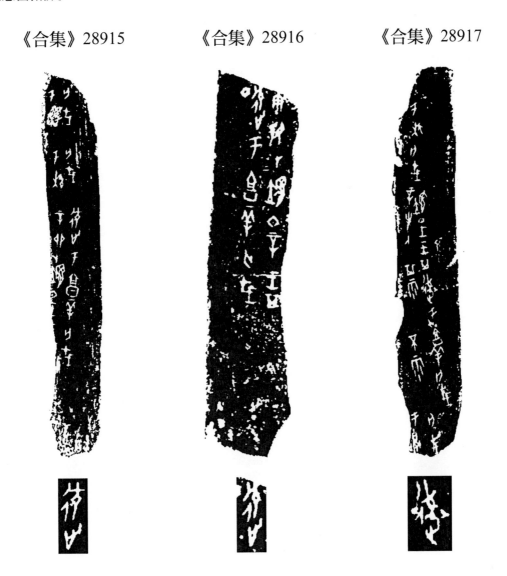

不過《屯南》660 其中一條卜辭作：「乙亥卜，貞：王其田韋，亡戋。」，這條屬於無名黃間組的辭例，則可以證明，在第四期、第五期時，韋為商王的田獵之地。

〔註58〕參見陳煒湛：《甲骨文田獵刻辭研究》（廣西：廣西教育出版社，1995 年），頁 25～28。李學勤認為此字釋為「迍」，為狩獵動詞。參見李學勤：《殷商地理簡論》（北京：科學出版社，1959 年），頁 299。

由於「大采」表示一個時間段，因此在天氣現象也不僅限一種，如：

（2）貞：翌庚辰不雨。庚辰〔陰〕，大采……

《合集》12424（《合補》3771）

同時卜問雨量以及雲量（陰），事實上同時卜問多種天氣現象，也不僅限于特定的時間段，在自然環境中天氣的變化有時非常劇烈，在甲骨刻辭中，也能見到多種天氣現象在同一版、甚至同一條卜辭的紀錄。此類刻辭請參見「不同天氣現象之關聯」一節。

（六）大食——雨

大食依卜辭的時間詞排序，應在中日之前，旦之後，具體來說是一天的什麼時候，董作賓認為在大采之後，約上午十時左右，而陳夢家認為在明之後，約上午八時。〔註59〕

甲骨卜辭明確記下大食與雨的卜辭，僅見兩版，但《合集》21021 版的材料相當豐富，不僅有連續的干支記下日期，也在卜辭中見到了不同的時間排序以及各種的天氣現象。

從辭例來看，「食日」在「旦」與「中日」之間，因此卜辭中單稱「食」或「食日」的時稱，即為「大食」，如：

（1）辛亥卜，翌日壬旦至食日不〔雨〕。大吉

（2）壬旦至食日其雨。吉

（3）食日至中日不雨。吉

（4）食日至中日其雨。

（5）中日至章兮不雨。吉

（6）中日至章〔兮其雨〕。

《屯南》624

另，賓組卜辭稱「大食」，無名組則稱「食日」，其他類組則稱「食」。

（七）中日——雨

卜辭中「中日」又作「日中」，即日正當中，約為正午十二時。〔註60〕

〔註59〕參見董作賓：《殷曆譜》、陳夢家：《殷墟卜辭綜述》（北京：中華書局，1988 年）、李宗焜：〈卜辭所見一日內時稱考〉，頁 184～185。

〔註60〕參見李宗焜：〈卜辭所見一日內時稱考〉，頁 185～186。

作為一日正午的時間辭「中日」／「日中」，與其他時間詞的連接關係也很緊密，但和「昃」不同的是，「昃」與其他時間詞的關係常在一條卜辭中可以見到，但「中日」／「日中」與其他時間詞的關係，還可由同版的不同辭例來聯繫，如：

（1）翌日壬王其田，雨。

（2）不雨。

（3）中日雨。

（4）䍒分雨。

《合集》29787+29799（《合補》9553 部份、《中科院》1613）

（1）中日其雨。

（2）王其省田，昃不雨。

（3）昃其雨。吉

《合集》29910

（1）食□其雨。

（2）中日不雨。

（3）中日□雨。

《合集》29924+《天理》116【《契》166】

除了可由不同辭條進行時間關係與天氣現象的連結外，也可藉由卜辭的順序來判斷商人時間詞的先後次序。

（八）昃──雨

昃，從日從人，《說文》謂：「日在西方側也」，從卜辭中的時間排序來看，昃的時間應在正午後一些，約下午二時。〔註61〕

與昃相關的雨，有 18 版，其中有 7 版都有紀錄雨自何方而來，比例高達 39%，而且這樣的紀錄都只見於「昃雨」一項。若再依雨之方向來看，3 版自東、3 版自北、1 版為自西，這也很符合目前現代科學對於一、二月冬季降雨的說明。

〔註61〕參見李孝定：《甲骨文字集釋》，頁 2188～2189。

另一個特殊的現象是，其他時間段與昃的氣象卜辭，如：

（1）中〔日至〕昃其〔雨〕。

（2）昃至萅不雨。

《合集》29793

（1）昃〔至萅〕分其〔雨〕。

（2）萅分至昏不雨。吉

《合集》29801

（2）自旦至食日不雨。

（3）食日至中日不雨。

（4）中日至昃不雨。

《屯南》42

甲骨卜辭一日內的時間詞很多，但目前所見到以「昃」作為與其他時間段卜雨斷限的連結，這有可能是因為古代的活動多半受到日光的限制，在白天期間為活動的高峰，但上午又為商人進食的重要時間（大食），因此其他的人為活動則集中在下午至天黑的時段，而這段時間的中點，便為「昃」，因此卜問什麼時候會下雨，也以「昃」為主要的參考時間點。

（九）小采──雨

小采又稱小采日，其時間應在「小食」之後，略當於「夕」，因此可推知，「小采」約在下午三點，日光轉弱之時。[註62] 若大采為上午日光初出之朝霞，則小采當為日光漸沒之晚霞。

甲骨卜辭中與小采時間相關的雨並不多，僅見四版，但和「大采──雨」的天氣紀錄類似，不同的天氣現象如風雨陰啟等在同一版中可見。此類刻辭請參見「不同天氣現象之關聯」一節。

另外，也有不同時間的天氣現象描述，如：

（3）丁未卜，翌日昃雨，小采雨，東。　　《合集》21013

（1）癸酉卜，王〔貞〕：旬。四日丙子雨自北。丁雨，二日陰，

庚辰……一月。

〔註62〕參見李孝定：《甲骨文字集釋》，頁2012～2013、董作賓：《殷曆譜》上編卷一，頁5。

（2）癸巳卜，王，旬。四日丙申晨雨自東，小采既，丁酉少，

　　　至東雨，允。二月。

（3）癸丑卜，王，貞：旬。八庚申宿，允雨自西，小〔采〕既，

　　　〔夕〕……五月。

《合集》20966

　　這兩版都提及了「晨雨」，也就是比小采再早一點時間的雨，而且雨都是從東邊來的。更值得注意的是《合集》20966 的這三條貞旬卜辭，分別是一月、二月、五月的紀錄，這三個月份雨來的方向也各不同，或許可再跟不同的材料結合討論，作為探索商代氣候的佐證。

（十）郭兮——雨

　　郭與兮，是郭兮之省。從辭例來看，「郭兮」在小采之後，昏之前，約為午後四時左右。〔註63〕

（十一）昏——雨

　　卜辭中「昏」，從辭例中可見，其時在郭兮之後，當是用黃昏本義，應當與暮屬同一段時間，約在傍晚六時。〔註64〕

（十二）暮——雨

　　卜辭中「暮」為日將落未落之時，約為傍晚六時。〔註65〕

（十三）闌昃——雨

　　卜辭中「闌昃」字作「𤲃」或「𡆥」，為時稱，從卜辭時序來看，應當在昃之後，或為黃昏左右的時段。〔註66〕

（十四）夕——雨

　　「夕」指入夜之後的時段，相較於其他時稱來說，是一段比較長的時稱，

〔註63〕參見陳夢家：《殷墟卜辭綜述》，頁 231、陳年福：《甲骨文詞意類舉》，頁 56～58。

〔註64〕參見李宗焜：〈卜辭所見一日內時稱考〉，頁 193～194。

〔註65〕參見李宗焜：〈卜辭所見一日內時稱考〉，頁 190～191。

〔註66〕參見李宗焜：〈卜辭所見一日內時稱考〉，頁 189～190、陳年福：《甲骨文詞意類舉》，頁 58～59、黃天樹：〈殷墟甲骨文所見夜間時稱考〉，《黃天樹古文字論集》（北京：學苑出版社，2006 年），頁 179。

因卜辭中見常見的「今夕亡囚」，如只解讀為晚上的某兩個小時，只貞問商王這段時間平安無災，夜裡的其他時間卻不貞問，在情理上是不通的，因此「夕」當指入夜後，晚上八點至隔天上午日出之前。〔註67〕

（十五）中脒——雨

卜辭中有一字作「」，隸定為「脒」，「中脒」之時段應是指夜半，但具體為何時，尚未能定。〔註68〕

《合集》20964+21310+21025+20986【《甲拼》21、《綴彙》165】（局部）

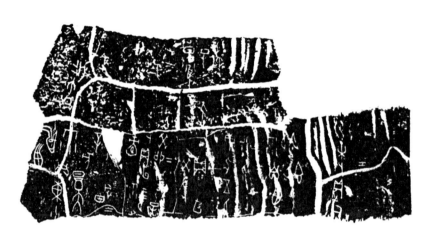

（十六）寐——雨

卜辭中有一字作「」，陳年福隸定為「瘖」，釋為中夜；黃天樹認為此字應是「寐」字的初文，大略介於黃昏亥和人定子之間，即大約是夜間九時至凌晨一時。另，「中脒」、「寐」共版的氣象卜辭中，有一字作「」，隸定為「夘」，也是指夜間的時段。〔註69〕

〔註67〕參見李宗焜：〈卜辭所見一日內時稱考〉，頁 176、董作賓：〈殷代的紀日法〉，《董作賓先生全集》甲編・第一冊（台北：藝文印書館，1953 年）頁 75～77。

〔註68〕參見陳年福：《甲骨文詞意類舉》（上海：上海古籍出版社，2007 年），頁 58～59、黃天樹：〈殷墟甲骨文所見夜間時稱考〉，《黃天樹古文字論集》，頁 185～189、黃天樹：〈甲骨文「夘」字補論〉，《黃天樹古文字論集》，頁 194～198。

〔註69〕參見李宗焜：〈卜辭所見一日內時稱考〉，頁 197～199、陳年福：《甲骨文詞意類舉》，頁 58～59、黃天樹：〈殷墟甲骨文所見夜間時稱考〉，《黃天樹古文字論集》，頁 181～182、黃天樹：〈甲骨文「夘」字補論〉，《黃天樹古文字論集》，頁 194～198。

《合集》20964+21310+21025+20986【《甲拼》21、《綴彙》165】（局部）

（十七）人定──雨

卜辭中「人」，黃天樹認為當釋為「定人」，為時稱，而「」為「定人」合文；宋鎮豪認為這應當為後世的「人定」，約為二十一至二十三時。〔註70〕

（十八）夗──雨

卜辭中的「」字，隸定為「夗」，此字應當為時稱，黃天樹認為其時間應在「寐」之後，具體時間可能在甲子夕和乙丑交交接之時。〔註71〕

九、一日以上的雨

（一）今──雨

「今」後可加不同的時間長度，如：今日、今旬、今某干支……等等，一般都表示在一日以上的時間長度，但也偶見卜問今日的某一時間段，比如：「今日小采允大雨」、「今日辛至昏雨」等語，因這類辭例極少，配合「今──雨」之體例，故一併收於本項。

（二）湄日──雨

湄日，即文獻所謂的「彌日」，為終日、整天之義。

〔註70〕參見黃天樹：〈殷墟甲骨文所見夜間時稱考〉，《黃天樹古文字論集》，頁181～182、宋鎮豪：〈試論殷代的記時制度〉，《全國商史學術討論會論文集》，頁308。

〔註71〕參見李宗焜：〈卜辭所見一日內時稱考〉，頁195、陳年福：《甲骨文詞意類舉》，頁58～59、黃天樹：〈殷墟甲骨文所見夜間時稱考〉，《黃天樹古文字論集》，頁185～189、黃天樹：〈甲骨文「夗」字補論〉，《黃天樹古文字論集》，頁194～198。

　　卜辭中與湄日相關的雨，幾乎都加上否定詞「不」，如「不雨」、「不菁／遘雨」、「不菁／遘大雨」等。

　　在「湄日」與「雨」的詞項組合中，可以判斷有明確活動的版次為 51 版，田獵有 48 版，佔 94%；祭祀 3 版，佔 6%。此三版分別為：

　　　丙戌卜，戊亞其尊其豐……茲雨，眉日。

　　　　　　　　　　　　　　　　　　　　　　　　《合集》27931

　　（1）方燮，重庚酌，又大雨。大吉

　　（2）重辛酌，又大雨。吉

　　（3）翌日辛，王其省田，執入，不雨。茲用　吉

　　（4）夕入，不雨。

　　（5）□日，入省田，湄日不雨。

　　　　　　　　　　　　　　　　　　　《合集》28628（《歷博》195）

　　（1）……万……奏，〔湄〕不雨。

　　（2）其雨。

　　　　　　　　　　　　　　　　　　　　　　　　《合集》29865

　　《合集》27931 版是唯一一條類似倒裝的語法，其「湄日」之「湄」寫作「眉」，同樣也把「湄」寫作「眉」的還有《合集》30155：（1）「今日眉日不雨。」「眉」當為「湄」之省寫。

　　「湄日」與「雨」組合的卜辭裡，幾乎在雨之前都會加上否定詞，但僅有此兩版例外：

　　（1）……不多雨。

　　（2）壬子卜，貞：湄日多雨。

　　（3）不征雨。

　　　　　　　　　　　　　　　《合集》38161+38163（《合補》11645）

　　　王其田湄〔日〕遘大雨。

　　　　　　　　　　　　　　　　　　　《合補》9064（《東大》1260）

《合集》38161+38163（《合補》11645）（1）辭不全，或有可能與（2）辭對貞，為「湄日不多雨」。

《合集》38161+38163（《合補》11645）

《合補》9064片下半部殘缺，從行款來看，湄字下補一字是恰當的，但亦不排除下半部有一字以上的可能。

《合補》9064（《東大》1260）

另有兩條辭例不全，無法判斷是否為「否定詞」加「雨」，分別為《合集》29863：（1）「翌日……湄日……雨。」以及《合集》41553（《英藏》02308）：「……湄日……雨。」

扣除各詞項重複的版次，共計有 66 版，句式為「否定詞」加「雨」有 61 版，佔 92%。整體來說，只要是「湄日」與「雨」的組合關係，幾乎都是以否定的角度來貞卜，而在使用「湄日」一詞時，幾乎都跟田獵有關，這也很符合常理，即商王田獵時不希望遇到雨，特別是「一整天」都不希望遇到雨。

（三）翌——雨

翌即指將來之日，甲骨氣象卜辭中翌與雨的關係，以「翌‧干支‧雨」的辭例為最大宗，也就是卜問「將來的那個干支日，是否會下雨？」，有時不說明哪一個干支，直接以「翌日‧雨」的句式卜問，這時的「翌日」應指不超過一旬的未來幾日，比如：《合集》29769（1）：「翌日其雨。大吉」，而有時「翌日」後頭可能會加上干支，如：《合集》29964（1）：「翌日辛雨。」、《合集》41599（1）：「丁亥卜，翌日戊不雨。」另外也有極少數的狀況只問「翌雨」而無干支，此一來便需要由同版的其他卜辭來推論，如：

（6）乙丑……曰貞：今日……于翌不雨。

（7）貞：其征雨。

（8）乙丑征雨，至于丙寅雨，殺。

《合集》23815+24333【《綴彙》495】

（6）辭中的「于翌不雨」，便需要由（7）、（8）來推論，此卜問「翌不雨」的翌，應當指在乙丑日之後的幾日之內。

（四）旬——雨

一旬為十日，商人貞卜未來天氣變化的時間段從一日之內的時段，到一日、多日、一旬、一旬以上，甚至下個月等時間長度皆有，但時間越遠，「氣象預報」就越難準確，誤差率也越高，古今中外皆然，因此甲骨氣象卜辭中以旬為時間單位貞卜氣象的辭例也較前所提及的翌日、今日或一日內的時間要少得多。其中以「今旬」，以及「旬」加上「日數」的時間段為最常見。另外，商人貞卜近日是否有禍事降臨，常用「亡囚」一詞，在氣象卜辭中，卜問是否會陰天氣變化而有禍事，除「今夕亡囚」以外，就屬「旬亡囚」最為常見，這可能同時考量到「人事變化」跟「自然環境」能夠掌握、預測的區間長短，以「旬」這樣不算太長，也不算太短的時間段，其誤差是可以被接受的。

（五）月──雨

甲骨卜辭中除了以日（干支）為時間單位的紀錄以外，也見有以月為時間單位的紀錄，因此本項所收錄之卜辭，實際上並非指整個月都在下雨的氣象卜辭，而是在某月卜雨、降雨的紀錄，與本節「一日以上的雨」稍有出入，但從實際面來看，即便是由現代科技來進行氣象觀測，至多也只能做七至十日的預報，且每八至十二小時，都會根據最新的資訊進行修正，故遠在殷商的時代，卜問天氣現象以日、旬為最多，偶有超過一旬的氣象貞卜，但也屬於少數，如《合集》10976 正（12）：「丁酉雨至于甲寅旬㞢八日。〔九〕月。」而最接近卜問一個月以後降雨狀況的氣象卜辭，為《合集》21081：「戊〔戌卜〕，王，貞：生十一月帝雨。二旬㞢六日……」實際上貞問未來之降雨的時間長度，都並未超過一個月，這類卜辭另收於「生──雨」中的「生‧月‧雨」中，「月──雨」所收錄的為含有月份紀錄的氣象卜辭。

（六）生──雨

甲骨文中的「生」與「來」，皆是表示未來之意，但這兩字與氣象詞連接時，用字的習慣是不同的。甲骨氣象卜辭中「生」與「雨」的關係，多半是用「生月」或「生某月」再連接「雨」，也就是「下個月是否會降雨」，[註72]除了單純問「是否降雨」，有時也會特別描述什麼樣的雨，比如是降下「大雨」還是「多雨」等等。另有少數有幾條卜辭作「生夕」，再接「雨」。生夕，即明天晚上，問明天晚上的辭例並不常見，反倒是問「今夕」，今天晚上會如何，則非常常見。

（七）來──雨

甲骨文中的「來」與「生」，雖都表示未來之意，但這兩字與氣象詞連接時，用字的習慣是不同的。甲骨氣象卜辭中「生」與「雨」的關係，多半是用「生月」為時間定點，但「來」與「雨」的關係，絕大部分都是以「來」＋「干支」表示，比如：《合集》12469 正（1）：「貞：來乙未不雨。」讀為「下一個乙未日，不會下雨嗎？」而「來」在甲骨文字中除了有表示「未來」之義，也能表示方向，比如《合集》12872（1）：「㞢來雨自西。」便是說：「有雨從西面來。」

[註72] 甲骨文中常見「生月」或「生＋數詞＋月」這樣的例子，而從同版文例參照，可知「生某月」即是「今某月」的下一個月，因此生月所指，當為即將到來的下一個月。參見：錢唯真：〈論小屯南地甲骨的時間詞〉，《第十三屆中區文字學學術研討會論文集》（花蓮：東華大學中國語文學系，2011 年 5 月 14 日），頁 28～29。

（八）季節・雨

目前所見的甲骨文字與季節相關的字，見有「春」、「秋」、「冬」，尚未見有「夏」字，而能肯定為季節的只有「春」、「秋」二字，「冬」字皆假為終始之「終」，因此實際表示季節的雨僅有春雨、秋雨兩者。

十、描述雨之狀態變化

（一）既雨

甲骨文中的「既」，可引申為「盡」、「畢」，亦即完成、結束，「既雨」表示雨下完了；「不既雨」則表示雨還沒下完，將來可能還會有雨。

（二）允雨

一條完整的甲骨卜辭分為前辭、命辭、占辭、驗辭等四個部分，但有時會省略其中幾個部份，而這四個部份中，最常被省略的就是驗辭，雖然目前沒有直接證據表示，為什麼大部分的卜辭中不刻寫驗辭，但從一般常理可推測，當時卜問的事件，到預測可能會發生的那一天，便實際的顯示出有、沒有、是、不是，直接呈現在眼前，因此似乎也不用刻意再回頭找到當時貞卜的那一片甲骨，紀錄結果，反倒是該片甲骨刻寫驗辭的原因，值得再探討。

甲骨卜辭的敘述有時較為簡短，時而省略前面刻過的時間、問題，有時也直接就當下的情境書寫，而增加判斷驗辭的難度，同時也存在卜辭詮釋上的分歧。判斷驗辭較無爭議的標準，是在命辭以外所見的「允某」之詞，如在氣象卜辭命辭以外，見有「允雨」、「允不雨」等，即說明，這次貞卜確實下雨、確實沒有下雨。

貳、表示時間長度的雨

一、聯雨

在氣象卜辭的「聯雨」詞項分作：

（一）「聯雨」

卜辭中含有「聯雨」之辭。

例：

著　錄	編號／【綴合】／（重見）	卜　辭
合集	32176（部份重見《合集》33129）	（3）甲子卜，不聯雨。 （4）其聯雨。

詞項一「聯雨」中所收錄的《合集》32176 除了有「聯雨」一詞的卜辭外，可與同版他辭參看，可以理出一些線索：

（1）甲子，貞大邑受禾。

（2）不受禾。

（3）甲子卜，不聯雨。

（4）其聯雨。　　　　　　　　　　　　　　　　　《合集》32176

（1）辭中的「大邑」，指當時最重要的都城，即今日的河南小屯。前二辭貞問農收，後二辭貞問降雨，看似分為兩事，然天氣變化與農作物息息相關，插秧、植苗、收割，都是直接影響這一期的收成好壞，因此這四辭的核心是在擔憂農作的收成。

在甲骨卜辭中同時見與「受禾」、「月份」相關的辭例，僅見兩例：

（1）戊寅，貞：來歲大邑受禾。在六月卜。

（2）不受禾。　　　　　　　　　　　　　　　　　《合集》33241

癸丑卜，貞：今歲受禾。引吉。在八月。惟王八祀。

　　　　　　　　　　　　　　　　　　　　　　　《合集》37849

恰好《合集》32341（1）也是貞問殷都的稻禾收成，且時間在六月。而《合集》37849 的貞問時間則落在八月。殷墟的地理位置在秦嶺、淮河以北，以現代地理農業的劃分，屬於旱作區，主要的糧食作物為小麥，一年能收穫春、秋兩期，而位在黃河以北、太行山東側的安陽地區，從近世的氣象資料顯示：前夏乾旱少雨，盛夏雨水集中，具有華北暖溫帶亞濕潤氣候的特徵，〔註73〕這與目前所認知的商代氣候大致相同，〔註74〕因此大略可以說，商代的雨季相當於殷曆九

〔註73〕　參見吳富山、王魁山、符長鋒：〈河南省汛期降水的天氣季節特徵〉，《氣象學報》，第 57 卷，第 3 期（1999 年 6 月），頁 370。

〔註74〕　參見胡厚宣：《甲骨學商史論叢》二集，〈氣候變遷與殷代氣候之檢討〉。（河北：教育出版社，1944 年），頁 293～419、竺可禎《竺可禎全集》，〈中國歷史上之氣候變遷〉、〈日中黑子與世界氣候〉（上海：上海教育科技出版社，2004 年），頁 466～486、490～493、竺可禎：〈中國近五千年氣候變遷的初步研究〉，《考古學報》，第 1 期（1972 年），頁 168～189、劉昭民：《中國歷史上氣候之變遷》（臺北：臺灣商務印書館，1982 年）、朱炳海：（Chu Ping-hai）著，戚啟勳編譯《中國氣候概論》（臺北：季風出版社，1978 年）

至十二月，農作物的生長和陽光、雨水息息相關，尤其雨水並不像陽光一般，只要無雲，陽光便一直存在，因此雨季何時來臨，對於農業活動來說，具有更決定性的作用。商代的農季約在殷曆九、十月至十二月左右；其中九月、十月為播種期，十二月至一月為收穫期，且因農業技術上不發達的緣故，一年只有一穫。〔註75〕這很符合農作物生長與雨季的關係。

「受禾」意同「受年」，是屬於全年都見到的廣泛性記錄，〔註76〕而《合集》32176的卜辭中，皆未見月份，但從「不聯雨」、「其聯雨」的正反對貞可推測，此時貞卜心理是並不希望下長時間的雨，而現已知農作、雨季應當是相互出現的，商人於此不希望一直下雨，只有兩個可能：其一是，假定此時為晚夏雨季，那便是雨量過剩。黃河流域跨越華中、華北地區，緯度漸高，為夏季季風影響範圍之末端，因此黃河流域一直以來都有雨季、雨量不穩定的現象，若此時降雨已經超過農作物生長所能承受的水量，自然是不希望再一直下雨了；也或者是即將收割之時，不斷降雨，會使得收穫工作不順利，因此也不希望一直下雨。其二是，假定此時不為晚夏雨季，其時應當也非農耕季，但同在甲子日卜問農作和降雨，或許是另一個可能性：播種季來臨之前。農作物剛播種或新生時，如遇長時間的降雨，會使得種子沖出泥土、不利發芽，過於潮濕也可能造成植物爛根、不利生長等狀況，因此不希望作物生長穩定之前，長時間的降雨發生。除降雨量過剩，無法推定月份以外，此版可能在收割前，亦即十二月或置閏的十三月；也可能在播種季前，即八月、九月。值得一提的是，殷曆的八月、九月，相當於現代陽曆的六月、七月左右，綜合月份，以及綿連不止的降雨，很接近初夏雨季中的「梅雨」現象。〔註77〕

〔註75〕 參見馮時：〈殷代的農季與殷曆曆年〉，《古文字與古史新論》（臺北：台灣書房，2007年），頁91～112。

〔註76〕 參見馮時：〈殷代的農季與殷曆曆年〉，《古文字與古史新論》，頁92～97。

〔註77〕 亞洲夏季季風的肇始（onset）可分為兩個階段：第一階段開始於五月中旬的南中國海地區，其建立一個行星尺度的季風雨帶，從南亞沿海地區（阿拉伯海、孟加拉灣、南中國海）延伸至副熱帶西北太平洋地區；第二階段肇始發生於六月中旬，孟加拉灣地區雨帶往西北移動以及西北太平洋低區雨帶往北移動，各自使印度進入雨季以及中國地區進入梅雨季。依照季風肇始、消散（withdrawal）及降雨巔峰時間的地域特性，將亞洲夏季季風系統分為三個子系統：東亞夏季季風（East Asian

二、征雨

在氣象卜辭的「征雨」詞項分作：

（一）「征‧雨」

「征」後接「雨」、「大雨」、「多雨」等辭。

例：

著　錄	編號／【綴合】／（重見）	卜　辭
合集	4566	（2）貞：不其征雨。 （3）貞：征雨。
合集	33945	（1）……今夕至丁亥征大雨。 （2）征雨。 （3）……雨。
合集	38162	（1）□□〔卜〕，貞：征多雨。茲卬。

（二）「其征‧雨」

「其征」後接「雨」，或雨字前置，作「其雨征」、「雨其征」等辭。

例：

著　錄	編號／【綴合】／（重見）	卜　辭
合集	12586	（1）貞：今夕不雨。 （2）貞：其〔雨〕征。六〔月〕。
合集	12762（《旅順》604）+《合補》3792【《契》59】	（2）……貞：其征雨。 （3）……其征雨。

Summer Monsoon ,EASM）、印度夏季季風（Indian Summer Monsoon ,ISM）以及西北太平洋夏季季風（Western Nothe Pacific Summer Monsoon ,WNPSM）系統。隨後 Wang et al.提到東亞夏季季風系統，應該區分為兩個子季節：MJ（五～六月）以及 JA（七～八月），而六月至七月之間是季節的過渡期，由於 MJ 及 JA 的平均環境場有顯著的差異，故研究東亞夏季季風時可以區分為初夏（五～六月）以及晚夏（七～八月）之變化。參見：吳家愷：《1990 年初期華南梅雨雨帶往北延伸之探討》，（台北：臺北市立大學地球環境暨生物資源學系環境教育與資源所碩士論文，2016 年），頁 1～2、Wang,B., H. Lin (2002). Rainy season of the asian-pacific summer monsoon. *J.Climate*, **15**, 386～398.、Wang,B., Liu, J., Yang, J., Zhou, T., and Wu, Z.(2009). Distinct Principal Modes of Early and Late Summer Rainfall Anomalies in East Asia. *J.Climate*, **22**, 3864～3875.

（三）「征……雨」

「征」後有其他描述，再接「雨」之辭。

例：

著　錄	編號／【綴合】／（重見）	卜　辭
合集	12776	……征雨……之日……征□。
合集	28602	乙丑卜，王弜征往田，其雨。

（四）「……征‧雨」

「征」前缺文，「征」後接「雨」之辭。

例：

著　錄	編號／【綴合】／（重見）	卜　辭
合集	10863 正	（3）……其征雨。
合集	3971 正+3992+7996+10863 正+13360+16457+《合補》988+《合補》3275 正+《乙》6076+《乙》7952【醉》150】	（10）□翌辰□其征雨。 （11）不征雨。

（五）「不征雨」

卜辭中含有「不征雨」、「弜征雨」，或「雨不征」之辭。

例：

著　錄	編號／【綴合】／（重見）	卜　辭
合集	5658 正	（10）丙寅卜，爭，貞：今十一月帝令雨。 （11）貞：今十一月帝不其令雨。 （14）不征雨。
合集	33938	（1）弜征〔雨〕。 （2）不冓雨。
合集	12806	（1）□酉雨不征。

（六）「不其征雨」

卜辭中含有「不其征雨」、「不其亦征雨」等之辭。

例：

著　錄	編號／【綴合】／（重見）	卜　辭
合集	3286+4570（《合補》495 正）【綴彙》9】	（4）今丙午不其征雨。 （6）貞：今丙午征雨。
合集	12801 正	（1）不其亦征雨。

（七）「日・征雨」

「日」後接「其征雨」、「征雨」等之辭。

例：

著　　錄	編號／【綴合】／（重見）	卜　　辭
合集	20611	（2）庚午卜，㠱，日其征雨，不若。見□。
花東	227	癸亥夕卜，日征雨。子凪曰：其征雨。用。

（八）「夕・征・雨」

「夕」後接「征雨」、「其征雨」、「不征雨」或「夕雨不征」等之辭。

例：

著　　錄	編號／【綴合】／（重見）	卜　　辭
合集	12779	（2）貞：今夕征雨。
合補	3793	……夕其征〔雨〕。
合集	15512	庚子卜，今夕不征〔雨〕。
合集	12973+臺灣某收藏家藏品+《乙補》5318+《乙補》229【《綴彙》218】	（1）甲子卜，㱿，翌乙丑不雨。允□雨。 （2）甲子卜，㱿，翌乙丑其雨。 （3）……翌……雨，允不雨。 （4）乙丑卜，㱿，翌丙寅其雨。 （5）丙寅卜，㱿，翌丁卯不雨。 （6）丙寅卜，㱿，翌丁卯其雨。丁卯允雨。 （7）丁卯卜，㱿，翌戊辰不雨。 （8）丁卯卜，㱿，翌戊辰其雨。 （9）戊辰卜，㱿，翌戊辰不雨。 （10）戊辰卜，㱿，翌戊辰其雨。 （11）己巳卜，㱿，翌庚午不雨。允不〔雨〕。 （12）己巳卜，㱿，翌庚午其雨。 （13）壬申卜，㱿，翌癸……雨。 （14）癸酉卜，㱿，翌甲戌不雨。 （16）〔乙亥〕卜，㱿，翌丙子不雨。 （17）乙亥卜，㱿，翌丙子其雨。 （18）丙子卜，㱿，翌丁丑不雨。 （19）翌丁丑其雨。 （20）辛酉卜，㱿，翌壬戌不雨，之日夕雨不征。 （21）辛酉卜，㱿，翌壬戌其雨。 （22）壬戌卜，㱿，翌癸亥不雨，癸亥雨。 （23）癸亥卜，㱿，翌甲子不雨，甲子雨小。

（九）「今日・征・雨」

「今日」後接「征雨」、「其征雨」、「不其征雨」、「征不菁大雨」等之辭。

例：

著　錄	編號／【綴合】／（重見）	卜　辭
合集	12770	癸酉卜，貞：今日征〔雨〕。
合集	14553	（1）乙未卜，旁，貞：今日其征雨。
天理	546	（1）辛，今日征〔雨〕。 （2）癸亥卜，今日不其征雨。
合集	24880	□辰卜，兄，〔貞〕：今日征，茲〔不〕菁大雨。

（十）「今・干支・征・雨」

「今」後接「干支」，再接「征雨」、「其征雨」、「不征雨」、「不其征雨」等之辭。

例：

著　錄	編號／【綴合】／（重見）	卜　辭
合集	3286+4570（《合補》495正）【《綴彙》9】	（4）今丙午不其征雨。 （6）貞：今丙午征雨。
合集	14433 正	（2）貞：今己亥不征雨。 （3）貞：〔今己〕亥〔其〕征〔雨〕。

（十一）「翌・征・雨」

「翌」後接「征雨」之辭。

例：

著　錄	編號／【綴合】／（重見）	卜　辭
合集	158	（1）貞：翌甲寅征雨。 （2）翌甲征雨。

（十二）「月・征・雨」

同一條卜辭中，見有「月份」與「征雨」、「征雨小」等組合之辭。

例：

著　錄	編號／【綴合】／（重見）	卜　辭
合集	12586	（1）貞：今夕不雨。 （2）貞：其〔雨〕征。六〔月〕。

合集	21021 部份+21316+21321 +21016【《綴彙》776】	（1）癸未卜，貞：旬。甲申人定雨……雨……十二月。 （4）癸卯貞，旬。□大〔風〕自北。 （5）癸丑卜，貞：旬。甲寅大食雨自北。乙卯小食大啟。丙辰中日大雨自南。 （6）癸亥卜，貞：旬。一月。昃雨自東。九日辛丑大采，各云自北，雷征，大風自西刜云，率〔雨〕，母蠹日……一月。 （8）癸巳卜，貞：旬。之日巳，羌女老，征雨小。二月。 （9）……大采日，各云自北，雷，風，茲雨不征，隹姞…… （10）癸亥卜，貞：旬。乙丑夕雨，丁卯明雨……采日雨。〔風〕。己明啟。三月。

（十三）「征・允・雨」

同一條卜辭中，見有「允」與「征雨」、「不征」、「不征雨」等組合之辭。

例：

著　錄	編號／【綴合】／（重見）	卜　辭
合集	12924	壬□〔卜〕，貞：今征雨。允雨。
合集	12925	今日丁巳允雨不征。
合集	12934	今夕允征雨。
合集	24861	貞：今夕允不征雨。

（十四）「雨・征・天氣現象」

「雨」後接「征」，再接「天氣現象」之卜辭。

例：

著　錄	編號／【綴合】／（重見）	卜　辭
合集	20397	（1）壬戌又雨。今日小采允大雨。征伐，蓍日隹啟。
合集	30212	（2）戊不〔雨〕，征大啓。

　　詞項一「征・雨」收錄《合集》19778：「□□卜，卩，不其……雨㫃印，征雨執。」本版上半部已殘未見，雨字左上所殘之「㐅」，疑為「又」之殘筆，或讀為「不其〔又〕雨」，或「〔又〕征，執」。下半部的「▨」字，原釋文作「執」。甲骨文字的執作「𡽤」，其象人手戴上桎梏之形，為「拘捕」之意，「征雨執」一語不易通讀，而在「征雨」一類的卜辭中，也見有「其征雨」寫作「其雨征」

或「雨其征」的現象，「征雨執」是否也有可能讀作「征執雨」，這麼一來「征執」便有因連綿不止，無法動彈的關聯性，然這麼通讀似過於曲折。細究本版的「」字，其「」形並不那麼標準，整體看來比較接近「飆」的「」形。「飆」在甲骨文中為祭名，或者可讀為：「飆，征雨」，「祭名」＋「雨」的文例在甲骨卜辭中就很常見了，但在「飆」的文例中未見這樣的用法，也未見「飆」和天氣現象相關的卜辭，因此只能作為待考之說。

《合集》19778　　　　　　局　部　　　　　　局　部

詞項二「其征·雨」，本項較為常見的辭例為「其征雨」，但也有將「雨」字前置的用法，寫作「其雨征」或「雨其征」如：

（2）貞：其〔雨〕征。六〔月〕。

《合集》12586

（3）乙卯卜，乙丑其雨征。

《合集》33943

（4）丁卜，〔雨〕其〔征〕于庚。子𠂤曰：□。用。

《花束》400

「征雨」、「雨征」皆是指雨勢連綿不止，其語序不影響文例的通讀。

詞項五「不征雨」，和詞項二「其征·雨」一樣，見有「雨」字前置的用法，寫作「雨不征」，但不同的是，否定詞「不」並不會如語氣詞「其」一樣脫離「征」字，因「不」要修飾的詞語是「征」，而非「雨」，若將「不」提前至「雨」之前，則「不雨征」的意思便不同了，因此「不征」在此處為固定短語，不可分離。如：

今日丁巳允雨不征。

《合集》12925

（2）丁巳，小雨，不征。

《合集》32114+《屯南》3673（《合補》10422）

（2）雨不征。

《合集》33944

（3）己巳卜，雨不征。

《花東》103

（3）丁卜，雨不征于庚。

《花東》400

　　詞項六「不其征雨」收有一條較為特別的用法，為《合集》12801 正（1）：「不其亦征雨。」此處的「亦」理解為頻率副詞「又」，「亦雨」指又下雨，「亦征雨」又下了連綿不止的雨，「不其亦征雨。」不會又要下連綿不止的雨吧？（「亦」字探討可參見「一日之內的晴」一節）

　　詞項九「今日・征・雨」收有一條特別的用法，為《合集》24880：「□辰卜，兄，〔貞〕：今日征，茲〔不〕冓大雨。」一般句式會用「今日征雨」，或「今日不征大雨」，較直接的說法即「征」為「征雨」之省，因下句就點出「冓大雨」，因此「征」所描述的主語即是「雨」。但本辭或許可視為比較複雜的句構，所要描述的「征雨」跟「茲不冓大雨」被分寫成兩個句子，同時「征雨」一詞前後拆開，中間加入「茲不冓」的描述，可見甲骨卜辭中這類偏正結構的氣象詞是可以省略或在中間插入補述的。

　　另，《合集》12924 版的辭例雖為「今征雨」，但其義同「今日征雨」，故一併收之。

　　詞項十「今・干支・征・雨」所收《合集》33986（3）：「于巳酉征雨。幻用」一辭，除未見「今」字以外，其餘部份皆符合本詞項，又因僅此一例，故收於此項。

　　詞項十三「征・允・雨」所收之辭例實可再細分為「征雨，允雨」、「允征雨」、「不征，某允雨」、「允雨，某征雨」，等四小項，其分別如：

・67・

「祉雨，允雨」：

壬□〔卜〕，貞：今祉雨。允雨。　《合集》12924

「允祉雨」：

□祉雨。□夕允〔祉雨〕。　《合集》12947

「不祉，某允雨」：

（4）王固曰：雨，隹其不祉。甲午允雨。

《合集》14161 反（《合補》3367 反）

「允雨，某祉雨」：

（1）庚寅卜，翌辛卯雨。允雨，壬辰祉雨。

《合集》33309

詞項十四「雨．祉．天氣現象」收有兩辭不易通讀：

（1）壬戌又雨。今日小采允大雨。祉伐，㫘日隹啟。

《合集》20397

（4）丙午卜，今日其雨，大采雨自北，祉㦰，小雨。

《合集》20960

這兩辭中各見「祉伐」、「祉㦰」二詞，「伐」字《甲詁》姚孝遂按語，認為此字與「伐」字，形義有別，不為同字，但並未釋義；「㦰」則言從大持戌，用義不詳。〔註 78〕這兩字在釋義上似難有確切說法，但在形構上或許能相通。這兩字分別由「人」、「戌」；「大」、「戌」構成，古文偏旁中，從人從卩從女從大，多可相通，〔註 79〕又「祉伐」、「祉㦰」二詞用法相同，因此「伐」、「㦰」兩字很可能為異體關係，〔註 80〕但甲骨文字中從人、或從大、或從卩、或從女等偏旁，

〔註 78〕參見于省吾主編、姚孝遂按語編撰：《甲骨文字詁林》（北京：中華書局，1996 年），頁 190、337。

〔註 79〕李孝定：《甲骨文字集釋》，頁 1750。

〔註 80〕徐富昌：「在甲骨文異化的各種現象中，與構字部件相關而又常見的，莫過於『義近形旁通用』的現象。由於甲骨文的構字形旁，往往可以用另一個意義相近的偏旁代替，因此，造成了各種不同的異體。」參見徐富昌：〈從甲骨文看漢字構形方式之演化〉，《臺灣大學文史哲學報》（台北：台灣大學，2006 年 5 月）第六十四期，頁 19。

多能互相通用，但也並非所有的字例都遵循「義近形旁通用」〔註81〕的規律構形，因此只是提供一種可能性為參考。

《合集》20397　　　　　　　　局部

《合集》20960　　　　　　　　局部

〔註81〕張桂光：「所謂義近形旁通用，指的應該是這樣的一個現象：由於某些形旁的意義相近，它們在一些字中可以互易，而互易之後，不僅字義與字音不會發生任何改變，而且於字形結構上亦能按同樣的角度作出合理的解釋，只有符合這一定義的，我們才能承認它為義近形旁通用。」參見：張桂光〈古文字義近形旁通用條件的探討〉，原載於《古文字研究》19 輯（北京：中華書局，1992），頁 581，後收入《古文字論集》（北京：中華書局，2004），頁 37。

三、盅雨

在氣象卜辭的「盅雨」詞項分作：

（一）「盅雨」

卜辭中含有「盅雨」之辭。

例：

著　　錄	編號／【綴合】／（重見）	卜　　辭
合集	1330	（5）貞：不其盅雨。 （6）盅雨。
合集	12564	不盅〔雨〕。四月。
合集	14468 正	（2）貞：取岳，出雨。 （3）取，亡其雨。 （4）貞：〔其亦〕盅雨。 （5）不其亦雨。
合集	14468 反	（2）王固曰：其雨。 （4）王固曰：其亦盅雨，隹己。

（二）「盅……雨」

卜辭中含有「盅」和「雨」，但辭例不全之辭。

例：

著　　錄	編號／【綴合】／（重見）	卜　　辭
合集	40286（《英藏》829）	（2）丁……盅□。戊寅夕雨。

四、彔雨

在氣象卜辭的「彔雨」詞項分作：

（一）「彔雨」

卜辭中含有「彔雨」之辭。

例：

著　　錄	編號／【綴合】／（重見）	卜　　辭
合集	33871	（1）丁雨。 （2）丙寅卜，丁卯其至彔雨。 （3）丁卯卜，今日雨。夕雨。 （4）戊辰卜，己啟，不。 （5）己巳卜，庚啟，不。

	（6）庚不啟。
	（7）庚午卜，雨。
	（8）乙亥卜，今日其至不祟雨。
	（9）乙其雨。
	（10）乙其雨。

參、表示程度大小的雨

一、大雨

在氣象卜辭的「大雨」詞項分作：

（一）「大雨」

卜辭中含有「大雨」之辭。

例：

著　　錄	編號／【綴合】／（重見）	卜　　辭
合集	12598	（1）貞：今日其大雨。七月。 （2）不冓〔雨〕。
合集	21025	九日辛亥旦大雨自東，小……〔虹〕西。
合集	28919+30142【《甲拼三》685】	（1）庚午卜，翌日辛亥其乍，不遘大雨。吉 （2）其遘大雨。 （8）不雨。
合集	28977	（2）〔壬〕亡大雨。 （3）其又大雨。
合集	30054+30318【《甲拼三》678】	（1）才兔🐾北🦶，又大雨。 （2）即右宗𣪊，又雨。 （3）……牛……此，又大雨。

二、小雨／雨小

在氣象卜辭的「小雨／雨小」詞項分作：

（一）「小雨」

卜辭中含有「小雨」之辭。

例：

著　　錄	編號／【綴合】／（重見）	卜　　辭
合集	12711（《旅順》638）	貞：今夕其雨小？
合集	28543+《英藏》2342【《甲拼》176】	（1）不冓小雨。 （2）其雨。

		（3）丁巳卜，翌日戊王其田，不冓大雨。
		（4）其冓大雨。
		（5）不冓小雨。

（二）「雨小」

卜辭中含有「雨小」之辭。

例：

著　錄	編號／【綴合】／（重見）	卜　辭
合集	8648 反（《合補》1396 反）	（1）丙子卜，貞：雨。
		（2）王固曰：其雨。
		（4）〔王〕固曰：其隹庚戌雨小，其隹庚□雨。
合集	28543+《英藏》2342【《甲拼》176】	（1）不冓小雨。
		（2）其雨。
		（3）丁巳卜，翌日戊王其田，不冓大雨。
		（4）其冓大雨。
		（5）不冓小雨。
花東	271	（1）甲夕卜，日雨。子曰：其雨小。用。
		（2）甲夕卜，日不雨。

　　在「小雨」項有一條卜辭較為奇特，為《合集》12711（《旅順》638）：「貞：今夕小其雨。」命辭中有「其」字的雨類卜辭，幾乎都作「其雨」、「不其雨」、「其某雨」、「不其某雨」等，「小其雨」也僅此一例，如參照《合集》12712 對貞的辭例：「貞：今夕不其小雨。」或「貞：今夕小其雨。」為「貞：今夕其小雨。」之誤，先刻上「小」再回頭補上「其」；而本片的「雨」字刻得又比其他字明顯大些，整體字形看來並不整齊。

《合集》12711（《旅順》638）　　　　　《合集》12712

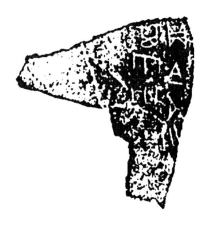

三、雨少

在氣象卜辭的「雨少」詞項分作：

（一）「雨少」

卜辭中含有「雨少」之辭。

例：

著　錄	編號／【綴合】／（重見）	卜　辭
合集	6037 正	（1）貞：翌庚申我伐，易日。庚申明陰，王來金首，雨少。 （3）……雨。 （4）翌乙〔丑〕不其雨。
合集	6037 反	（1）翌庚其明雨。 （2）不其明雨。 （3）〔王〕固曰：易日，其明雨，不其夕〔雨〕少。 （4）王固曰：其雨。乙丑夕雨少，丙寅喪雨多，丁……

四、多雨／雨多

在氣象卜辭的「多雨／雨多」詞項分作：

（一）「多雨」

卜辭中含有「多雨」之辭。

例：

著　錄	編號／【綴合】／（重見）	卜　辭
合集	8648 正（《合補》1396 正）	（1）貞：雨。 （2）不其雨。 （3）貞：今日其雨。 （4）今日不其雨。 （5）癸酉卜，旦，貞：生月多雨。
合集	12501	貞：生一月不其多〔雨〕。

（二）「雨多」

卜辭中含有「雨多」之辭。

例：

著　錄	編號／【綴合】／（重見）	卜　辭
英藏	1072	（1）……雨多。

五、从雨

在氣象卜辭的「从雨」詞項分作：

（一）「从雨」

卜辭中含有「从雨」之辭。

例：

著　錄	編號／【綴合】／（重見）	卜　辭
合集	12679	虫从雨。
合集	12691（《蘇德美日》《德》51）+40416（《合補》4103）	（5）岳其从雨。 （6）弗从雨。
合集	12828	（1）戊申卜，今日舞舞，虫从雨。
合集	15675	甲子卜，貞：龔，虫从雨。

詞項一「从雨」收錄《合集》33273+41660【《綴彙》4】的（9）辭：「龔于岳，亡从才雨。」、（18）辭：「庚午，龔于岳，又从才雨。」氣象卜辭中常見「又（有）从雨」，也見「亡（無）从雨」，而「亡从才雨」、「又從才雨」僅見此例，兩辭文例相對，應當無誤刻的可能，類似的辭例另有《屯南》4513+4518（4）：「乙酉卜，于丙舞岳，从。用。不雨。」前為祭祀方法與祭祀對象，後言「从，用」，指為從用之從，若為否定，應用「勿从」、「弓从」等表示意願的否定詞，而非用表示狀態的「亡」，而「才」後表示地點或時間，因此「亡从才雨」、「又從才雨」難以通讀，較為迂曲的讀法，可能是「無从雨，在某地」、「有从雨，在某地」，才字提前，而其地名未刻，但這樣的讀法實在過於迂曲。

六、蠶雨

在氣象卜辭的「蠶雨」詞項分作：

（一）「蠶雨」

卜辭中含有「蠶雨」之辭。

例：

著　錄	編號／【綴合】／（重見）	卜　辭
合集	3536	庚辰卜，殼，貞：蠶雨。
合集	33926+34176	（5）攸雨。 （6）不攸雨。 （7）丁酉卜，不往，菁雨。 （8）于來戊戌菁雨。 （9）戊戌卜，蠶雨。

肆、標示範圍或地點的雨

一、雨・在／在・雨

在氣象卜辭的「雨・在／在・雨」詞項分作：

（一）「雨・在」

卜辭中「雨」、「其雨」、「不雨」、「其菁雨」、「不菁雨」後接「在」之辭。

例：

著　　錄	編號／【綴合】／（重見）	卜　　辭
合集	902 正	（1）己卯卜，殼，貞：不其雨。 （2）己卯卜，殼，貞：雨。王固：其雨。隹壬午允雨。 （3）……其……言〔雨〕在瀧。 （4）王不雨在瀧。
合集	12523	（1）貞：不雨。在白。二月。
合集	12733	貞：其菁雨。在宗。
合集	7897+14591【《契》195】	（1）癸亥卜，爭，貞：翌辛未王其酚河，不雨。 （3）乙亥〔卜，爭〕，貞：其〔奏〕畧，衣，〔至〕于旦，不菁雨。十一月。在甫魚。 （4）貞：今日其雨。十一月。在甫魚。

（二）「雨・在□」

卜辭中「雨」、「不雨」、「允雨」、「雨雷」等之辭，再接「在」，且「在」之後有缺文，可能為地名，也可能為月份之辭。

例：

著　　錄	編號／【綴合】／（重見）	卜　　辭
合集	11769	貞：雨。在□。
合集	12612	……夕允雨。八月。在□。
合集	13406	癸巳卜，㞢，貞：雨雷。十月。在□。
英藏	02343	貞：不雨。〔在〕□。

（三）「在・雨」

卜辭中「在」後接「雨」、「其雨」、「不雨」、「不菁雨」、「不菁大雨」、「不征雨」、「正雨」、「又雨」、「又大雨」、「允雨」之辭。

例：

著　錄	編號／【綴合】／（重見）	卜　辭
合集	28180	（2）王其又于滴，在又石壴，又雨。 （3）即川壴，又雨。 （4）王其乎戍霖盂，又雨。吉 （5）叀万霖盂田，又雨。吉
合集	37536	（1）戊戌卜，在潢，今日不征雨。
合集	37646	戊辰卜，在章，貞：王田兆，不遘大雨。茲卬。在九月。
合集	41866（《英藏》2567）	（2）壬申卜，在盇，今日不雨。 （3）其雨。茲卬。 （4）□寅卜，貞：〔今〕日戊王〔田〕燮，不遘大雨。
合集	36552	（1）乙巳卜，在商，貞：衣，茲□遘〔大雨〕。 （2）其遘大雨。

（四）「在……雨」

卜辭中含有「在」之後有缺文，可能為地名，也可能為月份，再接「雨」、「不雨」、「征雨」之辭。

例：

著　錄	編號／【綴合】／（重見）	卜　辭
合集	30161	弜至……牢，在……喪，其征〔雨〕。
合集	36636	（1）□□卜，在畫……雨。

（五）「其他」

卜辭中見有「在雨」之辭。

例：

著　錄	編號／【綴合】／（重見）	卜　辭
合集	33273+41660（《合補》10639，部份重見合集34707）【《綴彙》4】	（5）戊辰卜，及今夕雨。 （6）弗及今夕雨。 （7）癸酉卜，又壴于于六云，五豕卯五羊。 （9）壴于岳，亡从在雨。 （11）癸酉卜，又壴于六云，六豕卯六羊。 （15）隹其雨。 （18）庚午，壴于岳，又从在雨。 （20）今日雨。

詞項五「其他」，僅收《合集》33273+41660【《綴彙》4】一版，（9）：「叀于岳，亡从在雨。」、（18）：「庚午，叀于岳，又从在雨。」所言之「亡从在雨」、「又从在雨」難以通讀，讀作「無从雨，在某地」、「有从雨，在某地」，過於迂曲，雖卜辭中未見「雨」作為地名的用法，但「在」後不是時間，便是地名，因此也不排除「雨」可能是地名，仍需待考。

伍、描述方向性的雨

一、東、南、西、北——雨

在氣象卜辭的「東、南、西、北——雨」詞項分作：

（一）「東——雨」

卜辭中含有「雨自東」、「自東‧雨」、「雨于東」、「東日雨」等之辭。

例：

著　錄	編號／【綴合】／（重見）	卜　　辭
合集	12870 甲	（1）癸卯卜，今日雨。 （2）其自東來雨。 （3）其自西來雨。 （4）其自北來雨。
合集	20963	乙丑卜，之夕雨自東。
合集	30175	（1）癸巳其祭雨于東。 （2）于南方祭雨。
合集	28911+31950【《綴彙》411】	（2）……用……王迍□東日雨。

（二）「南——雨」

卜辭中含有「雨自南」、「自南‧雨」、「雨‧于南」、「于南‧雨」等之辭。

例：

著　錄	編號／【綴合】／（重見）	卜　　辭
合集	12870 乙	其自南來雨。
合集	30175	（1）癸巳其祭雨于東。 （2）于南方祭雨。
合集	30459	（1）□□卜，其妍，桼雨于南……罘……亡雨。 　　大吉　用 （2）……〔焂〕，又大雨。

合集	21021 部份+21316+21321+21016【《綴彙》776】	（1）癸未卜，貞：旬。甲申人定雨……雨……十二月。 （4）癸卯貞，旬。□大〔風〕自北。 （5）癸丑卜，貞：旬。甲寅大食雨自北。乙卯小食大啟。丙辰中日大雨自南。 （6）癸亥卜，貞：旬。一月。昃雨自東。九日辛丑大采，各云自北，雷征，大風自西刜云，率〔雨〕，母畫日……一月。 （8）癸巳卜，貞：旬。之日巳，羌女老，征雨小。二月。 （9）……大采日，各云自北，雷，風，茲雨不征，隹婞…… （10）癸亥卜，貞：旬。乙丑夕雨，丁卯明雨……采日雨。〔風〕。己明啟。三月。

（三）「西──雨」

卜辭中含有「雨自西」、「自西‧雨」、「雨自西北／北西」、「雨于西」、「雨……西」等之辭。

例：

著　錄	編號／【綴合】／（重見）	卜　辭
合集	12870 甲	（1）癸卯卜，今日雨。 （2）其自東來雨。 （3）其自西來雨。 （4）其自北來雨。
合集	12872	（1）㞢來雨自西。
合集	12873 正	自西不雨。
合集	12875	（2）□□卜，乎〔追〕……雨自北西……
合集	6798	（3）……西……〔雨〕。

（四）「北──雨」

卜辭中含有「雨自北」、「自北‧雨」、「雨自西北／北西」、「北……雨」等之辭。

例：

著　錄	編號／【綴合】／（重見）	卜　辭
合集	2936+17002+17922+《乙》3782+《乙》3786+《乙補》3441+《乙補》3451【《醉》86】	（4）……从北，雨。

合集	12875	（2）□□卜，乎〔追〕……雨自北西……
合集	20421	（2）戊申卜，今日方征不。昃雨自北。

在氣象卜辭中含有「東、南、西、北」與雨的辭例中，未必所有的東南西北皆是雨的方向，比如：

（1）甲子卜，其桒雨于東方。　　　　　　　　　《合集》30173

（1）□□卜，其妍，桒雨于南……眾……亡雨。大吉　用

《合集》30459

……鄉……于夐……北宗，不〔遘〕大雨。

《合集》38231

有作祭祀對象，有作祭祀方向，或有是描述其他現象在某方，都未必跟降雨有直接關係，但將來或許從這類帶有方向性，又可能和降雨相關的卜辭，能發現一些方向和雨的連結。

在本詞目中，能確定降雨方向的用詞如：「雨自東／南／西／北」、「自東／南／西／北雨」，而《合集》21021關於降雨方向的敘述非常豐富：

（1）癸未卜，貞：旬。甲申人定雨……雨……十二月。

（4）癸卯貞，旬。□大〔風〕自北。

（5）癸丑卜，貞：旬。甲寅大食雨自北。乙卯小食大啟。丙辰
　　　中日大雨自　南。

（6）癸亥卜，貞：旬。一月。昃雨自東。九日辛丑大采，各云
　　　自北，雷征，大風自西刜云，率〔雨〕，母蕭日……一月。

（8）癸巳卜，貞：旬。之日巳，羌女老，征雨小。二月。

（9）……大采日，各云自北，雷，風，茲雨不征，隹姶……

（10）癸亥卜，貞：旬。乙丑夕雨，丁卯明雨……采日雨。〔風〕。
　　　己明啟。三月。

《合集》21021部份+21316+21321+21016【《綴彙》776】

本版不僅描繪了雨的方向，甚至很細膩的將時間段，如甲寅日的上午（大食），雨會從北邊來，直到隔天乙卯日的中午過後（小食），天空將會放晴，但再隔日丙辰的正中午，會有大雨從南邊而來。而因為本版屬於貞旬卜辭，因此時間的跨度很長，對於雨的描述，以及其他天氣現象的關係，提供了相當豐富的資訊。

二、各雨／征雨

在氣象卜辭的「各雨／征雨」詞項分作：

（一）「各雨／征雨」

卜辭中含有「各雨」之辭。

例：

著　　錄	編號／【綴合】／（重見）	卜　　辭
合集	24756	辛巳〔卜〕，即，貞：今日又征雨。
合集	24757	癸酉卜，□，貞：王^{off}，亡征雨。

陸、與祭祀相關的雨

一、叀──雨

在氣象卜辭的「叀──雨」詞項分作：

（一）「叀・雨」

卜辭中「叀」後接「雨」、「又雨」等之辭。

例：

著　　錄	編號／【綴合】／（重見）	卜　　辭
合集	32501+35200+《合補》10626+《掇三》183+《合補》10626【《醉》247、《綴彙》5】	（2）……易〔日〕…… （3）……又歲大甲卅牢，易日。茲用。不易日，叀雨。 （4）不易日。 （5）庚戌，辛亥又歲祖辛廿牢又五，易日。茲用。允易日。 （6）不易日。 （7）癸丑，甲寅又歲夋甲三牢、羌甲廿又七，易日。茲用。 （8）不易日。 （9）〔甲寅〕，乙卯〔又歲〕祖乙□〔牢，易〕日。茲用。 （10）不易日。 （11）……卜，□□〔又歲〕廿牢，易日。茲用。 （12）不易日。 （13）己未卜，庚申又歲南庚十牢又三，易日。茲。

合集	28180	（2）王其又于滴，才又石叀，又雨。 （3）即川叀，又雨。 （4）王其乎戍霝盂，又雨。吉 （5）叀万霝盂田，又雨。吉

（二）「叀……雨」

卜辭中「叀」後辭例不全，再接「雨」之辭。

例：

著　錄	編號／【綴合】／（重見）	卜　辭
合集	15651	（1）乙……叀……雨。
合補	3863	……叀于……雨。
合補	3868（《懷特》234）	……叀……屮足雨。

（三）「叀・祭祀對象・雨」

卜辭中「叀」後接「祭祀對象」，再接「雨」之辭。

例：

著　錄	編號／【綴合】／（重見）	卜　辭
合集	1140 正	（2）戊申卜，殼，貞：方帝，叀于土、𢆶，雨。 （6）貞：召河，叀于蚰，屮雨。
合集	33331	（2）甲辰卜，乙巳其叀于岳大牢，小雨……
屯南	1120	（5）甲戌卜，叀于姓牢，雨。

（四）「叀・犧牲・雨」

卜辭中「叀」後接「犧牲」，再接「雨」之辭。

例：

著　錄	編號／【綴合】／（重見）	卜　辭
合集	27499	（1）高妣叀虫羊，又大雨。 （2）虫牛，此又大雨。
合集	34204	（2）虫己叀豕于岳，雨。 （3）于辛叀，雨。
合集	34284	（1）甲辰，乙雨。 （2）乙巳卜，叀十豕，雨。

在「叀——雨」的詞項三「叀・祭祀對象・雨」裡收錄了《村中南》282、299 兩例，此二例都見一詞作「叀目羍雨」；《村中南》考釋認為「目」為先公名

或自然神明，[註82] 理解為：對目舉行叀祭，祈求降雨。這樣是可以說得通得，不過「叀目」求雨之辭在卜辭中極少，與之相似的為：

（10）丙寅卜，㱿，貞：來乙亥易日。

（11）丙寅卜，〔㱿〕，貞：來〔乙〕亥〔不〕其易〔日。王〕固曰：〔吉〕，乃茲〔不〕易日。〔乙〕亥〔允〕不〔易〕日，雨。

（14）……罒叀……　　　　　　　　　　《合集》655 正甲

（1）□□〔卜〕，㱿，貞：叀罒一羌。　　　《合集》410 正

（2）貞于罒叀。八月。　　　　　　　　　《合集》14691

（1）□□卜，亘，貞：今夕不征雨。

（2）□□〔卜〕，□，貞：于罒叀。　　　《合集》14692

酚〔叀〕于罒。　　　　　　　　　　　《合集》14695 正

（1）貞：于罒叀。

（2）……雨。

《合集》40427 正（《英藏》1251）

上引之卜辭，可能與氣象相關的《合集》14692，因兩辭的干支未見，（2）辭貞人不知，不易判斷「于罒叀」是否與氣象相關，同樣的《合集》40427 正也因（2）辭缺文甚多，無法判斷。《合集》655 正甲（14）殘辭作「……罒叀……」，同版有兩辭跟氣象相關（10）：「丙寅卜，㱿，貞：來乙亥易日。」、（11）：「丙寅卜，〔㱿〕，貞：來〔乙〕亥〔不〕其易〔日。王〕固曰：〔吉〕，乃茲〔不〕易日。〔乙〕亥〔允〕不〔易〕日，雨。」不過從字體來看，（14）辭的字體清瘦，（10）、（11）辭的字體肥厚，可見（14）辭與（10）、（11）辭並不是同一次貞問的記錄，而（14）辭的「目」字加了口形作「」，隸定為「罒」，這也與《村中南》所見「叀目烄雨」的目形不同。

　　若只單純看作為祭祀對象的「目」，和「雨」相關的氣象卜辭，還可參看《合集》33747 正：

────────────

〔註82〕參見中國社會科學院考古研究所編著：《殷墟小屯村中村南甲骨》（昆明：雲南人民出版社，2012 年），頁 684。

（11）丙子卜，叀🐾，雨。

（12）丙子卜，灷🐾，雨。

（13）丙子卜，弜灷，雨。

（14）丙子卜，灷目，雨。

（11）辭「叀🐾」由祭名與祭祀對象所組成，同理可證，（12）的「灷」同樣是祭名，因此（14）「灷目」之「目」為祭祀對象。而這裡的「目」作，是不加口形的。

另一條「目」，和「雨」相關的氣象卜辭是《屯南》4400：

（5）乙卯其🐾目，雨。

這條卜辭中的「目」，也是不加口形，《甲骨文校釋總集》將「目」前一字摹為「🐾」，且認為此字為一字，但從原片可見，摹為「🐾」，並不精準，此字應為「叀」、「又」二字，「🐾目，雨」應為「叀又目，雨」，「叀又目，雨」一辭，可能與《村中南》「叀目侁雨」相關，假若「又」、「目」二字是因先後順序誤刻，本作「叀目又雨」，可直接讀為「叀目又雨」，或讀為「叀目侑雨」，後者的讀法，在句式、用法就與「叀目侁雨」相當相似。但若本辭並非倒刻，讀為「叀、侑目，雨」向「目」舉行叀祭、侑祭求雨，也是可以的。另外，「🐾」字同見《屯南》4400與《屯南》1316，《甲骨文字編》將二字收為「灷」之異體，如此「灷目，雨」就很好通讀了，但仍需保留一點的是，從《屯南》4400的字體行款來看，這個「🐾」字就太長了一些，而《屯南》1316為殘辭，無法提供足夠的證據，此字是否為「灷」之異體。

（《合集》33747 正）

（《屯南》4400）　　（《屯南》4400）　　（《屯南》1316）

而此處的「目」字，也是不加口形的，這令人懷疑，不加口的「目」字，與加口的「目」字，是否在用法上有區別，因為與「目」、「䀠」相關的辭例，凡與雨有關的字形，都不加口，而與雨無關的字形，都加口形，如：

（9）㞢于䀠三十人。

（10）〔貞〕㞢于䀠十人。

《合集》1051 正

（13）辛〔酉〕卜，〔亘〕，貞〔子〕䀠〔亡〕疾。

（14）貞子〔䀠〕其〔㞢〕疾。

《合集》1248 正+《乙》3367（《補編》60 正遙綴）

（2）𠦪年于䀠，夕羊，燎小宰，卯一牛。

《合集》10130 正

（1）𠦪年于䀠。

《合集》10100

〔𠦪〕年〔于〕䀠。

《合集》10101 正

（1）𠦪年于䀠。

《合集》10102

（1）〔𠦪〕年于䀠。

《合集》10103

（2）……䀠，雨。

《合集》12846

（2）壬午卜，㱿，貞：于䀠。

《合集》13244

（1）□□卜，㱿，貞：貞子䀠冥，妨。

《合集》14032 正乙

目于河。

《合集》14630

……勿祐𝌆……

《合集》14685（重見《合集》15217）

（1）帝于𝌆。

《合集》14686 反

特別的是，作為祭祀對象的「𝌆」，唯《合集》14630 辭「目于河」的目字，未加口形以外，其餘皆加口形，亦只有本辭字體屬於「賓組」，其餘作為祭祀對象的卜辭字體屬於「典型賓組」（賓組二類），或是因不同類組之差異導致，但因為孤例，尚未能確切證明。另可能與氣象相關的《合集》12846 版，因辭例不完整，故不能看出「𝌆」和「雨」之間的關係。

是故，目前卜辭中的「叀目」、「爰目」，不加口形的「目」字，可能非自然神名或先公先王名，其一是自然神名、先公先王名，理當不會改變，在字形上應是固定的，即前所區分的「𝌆」。其二是不加口形的目字，於求雨的氣象卜辭中，很可能使用本義，「叀目」、「爰目」即交材燃木，焚目求雨。而《屯南》4400的「燚目」一詞，「燚」無論是一字、兩字，為「叀」或「爰」，其後的「目」字，也當用本義。

《村中南》282　　　　　　局　部

《村中南》299　　　　　　　局部

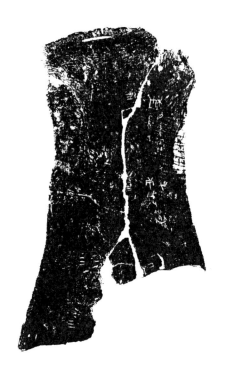

《合集》33747 正　　　　　局部

局部

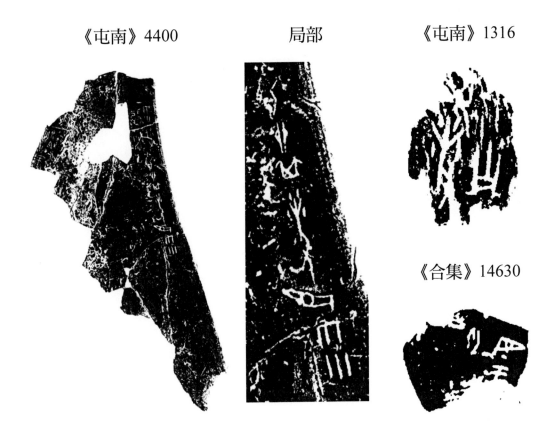

《屯南》4400　　　　　局部　　　　　《屯南》1316

《合集》14630

二、酚——雨

在氣象卜辭的「酚——雨」詞項分作：

（一）「酚・雨」

「酚」之後接「雨」、「又雨」、「又大雨」、「不雨」、「不冓雨」、「亡雨」、「明雨」等之辭。

例：

著　錄	編號／【綴合】／（重見）	卜　辭
合集	12816	（1）乙亥不〔酚雨〕。
合集	28252	（2）貞：即于又宗，又雨。 （3）其桒年黻，虫□酚，又大雨。
合集	28628（《歷博》195）	（1）方夐，虫庚酚，又大雨。大吉 （2）虫辛酚，又大雨。吉 （3）翌日辛，王其省田，扎入，不雨。茲用　吉 （4）夕入，不雨。 （5）□日，入省田，湄日不雨。
合集	34533	（2）庚申，貞：今來甲子酚，王不冓雨。

著　錄	編號／【綴合】／（重見）	卜　辭
合集	41411（《英藏》2366）	（2）弜夐于閔，亡雨。 （3）叀閔夐酚，又雨。 （4）其夐于霏，又大雨。 （5）弜夐，亡雨。 （6）霏眔門虘酚，又雨。
合集	11497 正	（3）丙申卜，設，貞：來乙巳酚下乙。王固曰：酚，隹业希，其业異。乙巳酚，明雨，伐既，雨，咸伐，亦雨，攺卯鳥，晴。

（二）「酚・祭名・雨」

「酚」之後接「祭名」，再接「雨」、「菁雨」、「又雨」、「又大雨」、「不雨」、「不其雨」、「不菁雨」等之辭。

例：

著　錄	編號／【綴合】／（重見）	卜　辭
合集	7897+14591【《契》195】	（1）癸亥卜，爭，貞：翌辛未王其酚河，不雨。 （3）乙亥〔卜，爭〕，貞：其〔奏〕嵒，衣，〔至〕于旦，不菁雨。十一月。才甫魚。 （4）貞：今日其雨。十一月。才甫魚。
合集	30449	（4）貞……酚王亥，又菁雨。大吉 （5）貞：其菁雨。
合集	33951	……酚燊，不雨。
合集	33952	……酚燊，雨。
屯南	0622	……〔夐〕岳，辛卯其繭酚，又大雨。
合補	10617（《懷特》1604）	（1）乙丑卜，酚燊于祖乙，菁雨。 （2）不雨。

（三）「雨……酚・祭名」

「雨」之後有其他描述，或辭例不全，再接「酚」和「祭名」之辭。

例：

著　錄	編號／【綴合】／（重見）	卜　辭
合集	2140	（3）……雨，酚父……
合集	13043	……□雨……酚其……妣己……

（四）「酚……雨」

「酚」之後辭例不全，再接「雨」之辭。

例：

著　　錄	編號／【綴合】／（重見）	卜　　辭
合集	33834	（1）甲申卜，酌……雨。 （2）戊子卜，允雨。 （3）至辛卯雨。
合集	12020	（1）……酌……敻爯……日雨。 （2）〔己〕……〔雨〕。
合補	3865	……于庚子酌……雨。

（五）「先酌・雨」

「先酌」之後接「雨」之辭。

例：

著　　錄	編號／【綴合】／（重見）	卜　　辭
合集	34222	（1）叀岳先酌，雨。
屯南	651+ 671+ 689【《綴彙》358】	（2）叀三羊用，又雨。大吉 （3）叀小宰，又雨。吉 （4）叀岳先酌，迺酌五云，又雨。大吉

三、奉──雨

在氣象卜辭的「奉──雨」詞項分作：

（一）「奉・雨」

卜辭中「奉」後接「雨」、「不雨」等之辭。

例：

著　　錄	編號／【綴合】／（重見）	卜　　辭
合集	12858 正	壬寅卜，〔貞〕：奉雨。
合集	33951	……酌奉，不雨。

（二）「奉・祭名・雨」

「奉」後接「祭名」再接各類「雨」之詞，或「奉」後接各類「雨」之詞，再接「祭名」之辭。

例：

著　　錄	編號／【綴合】／（重見）	卜　　辭
合集	672 正+1403（《合補》100 正）+7176+15453+《乙》2462【《綴彙》541】	（27）〔奉雨〕于上甲……牛。 （28）奉雨于上甲宰。

合集	12861（《合補》3485）	乙卯卜，殼，貞：桒雨〔于〕上甲宰……
合集	30131	（2）万其桒，不遘大雨。 （3）其遘大雨。
合集	31061	（1）……其尋桒，又〔大〕雨。吉

（三）「桒・犧牲・雨」

「桒」後接「犧牲」再接各類「雨」之詞，或「桒」後接各類「雨」之詞，再接「犧牲」之辭。

例：

著　錄	編號／【綴合】／（重見）	卜　辭
合集	672 正+1403（《合補》100） +7176+15453+《乙》2462 【《綴彙》541】	（21）桒雨于上甲。宰。
合集	30022+30866【《綴彙》448】	（1）桒雨，叀黑羊，用，又大雨。 （2）叀白羊，又大雨。 （3）叀乙，又大雨。 （4）叀丙酚，又大雨。 （5）〔叀〕丁酚，□大雨。
村中南	169	（1）于雨…… （2）丁酉卜：其桒雨于〔十小山〕，叀豚三？

（四）「桒……雨」

「桒」之後有其他描述，或辭例不全，再接「雨」之辭。

例：

著　錄	編號／【綴合】／（重見）	卜　辭
合集	30032	（1）叀庚申桒，又正，又大雨。 （2）叀各桒，又正，又大雨。大吉 （3）叀妰桒，又大雨。吉 （4）叀商桒，又正，又大雨。
合集	30065	……其畐桒……雨，才盂零，又大雨。
屯南	3171	（1）□□，貞……桒……不用。雨。

（五）「桒年・雨」

「桒年」後接「雨」、「又雨」、「又大雨」等之辭。

例：

著　　錄	編號／【綴合】／（重見）	卜　　辭
合集	22346	己〔巳〕，其桼年于河，雨。
合集	28259+30255（《合補》9578）	（1）其雨。 （4）桼年于河，又雨。 （5）……雨。
合集	28296	（2）其祝桼年，又大雨。 （3）〔亡〕雨。

（六）「桼舞・雨」

「桼舞」後接「雨」、「屮雨」、「屮从雨」、「允从雨」等之辭。

例：

著　　錄	編號／【綴合】／（重見）	卜　　辭
合集	12824	貞：叀桼〔舞〕，雨。
合集	14755 正	（3）貞：翌丁卯桼舞，屮雨。 （4）翌丁卯勿，亡其雨。 （9）貞：屮从雨。
合集	12818	（1）丙辰卜，貞：今日桼舞，屮从雨。 （2）……雨。

詞項六「桼舞・雨」所收一版《合集》12819，可見桼舞求雨的情形：

庚寅卜，辛卯桼舞，雨。

□辰桼〔舞〕，雨。

庚寅卜，癸巳桼舞，雨。

庚寅卜，甲午桼舞，雨。

……桼……乙……壯　　《合集》12819

本版前四辭，除第二辭有殘缺以外，其他辭例都相當整齊，從拓片來看，第二辭辰字上一字，有兩橫筆，依照干支相配，應為壬字，又庚寅這日卜問，辛卯、△辰、癸巳、甲午，皆是連日，△若為壬字，這四辭的日子都能緊密對上，其次，第三、第四兩辭，分別在左尾甲、右尾甲的末端，第一辭與第二辭則在千里路的兩側，這也非常符合對貞卜辭行文方式，因此第二辭或許能補為：「〔庚寅卜，壬〕辰桼〔舞〕，雨。」，同時也藉由本版可以推測，當時的狀態應是缺乏雨水，因此在庚寅日，至少連續問了後面四天，是否會下雨。

四、侑──雨

在氣象卜辭的「侑──雨」詞項分作：

（一）「侑‧雨」

卜辭中「侑」後接「雨」、「其雨」、「不雨」、「大雨」、「菁雨」、「不菁雨」
等之辭。

例：

著　錄	編號／【綴合】／（重見）	卜　辭
合集	28180	（2）王其又于滴，才又石夐，又雨。 （3）即川夐，又雨。 （4）王其乎戍霾盂，又雨。吉 （5）叀万霾盂田，又雨。吉
合集	28252	（2）貞：即于又宗，又雨。 （3）其奉年虩，叀□酌，又大雨。
合集	32396+34106+《 合 補 》10669【《綴彙》1】	（1）又歲于□壬，不雨。 （2）其雨。 （3）不雨。
合集	32141	（1）□巳……雨。 （2）其雨。 （3）癸亥，貞：又彳于上甲，菁雨。
合集	32327	（2）又匚于上甲，不菁雨。 （3）其雨。

五、薆──雨

在氣象卜辭的「薆──雨」詞項分作：

（一）「薆‧雨」

卜辭中「薆」後接「雨」、「屮从雨」、「又雨」、「又大雨」、「亡大雨」、「亡
其雨」等之辭。

例：

著　錄	編號／【綴合】／（重見）	卜　辭
合集	34488	（1）壬辰，薆，〔雨〕。 （2）薆，雨。
合集	15675	甲子卜，貞：薆，屮从雨。
合集	29993	今日〔薆〕，又雨。

合集	30459	（1）□□卜，其姘，桒雨于南……眾……亡雨。 　　　大吉　用 （2）……〔叀〕，又大雨。
合集	30170	又叀，亡大雨。
合集	12852	（2）壬申卜，設，貞：舞……叀，亡其雨。 （5）〔壬〕子卜，爭，〔貞〕：自今至丙辰，帝□ 　　　雨。〔王〕……

（二）「叀……雨」

「叀」之後辭例不全，再接「雨」之辭。

例：

著　錄	編號／【綴合】／（重見）	卜辭
合集	30795	……叀……〔雨〕。
合集	33949	（2）……桒雨，叀……羊𠬝。
屯南	0827	（2）……〔岳〕……〔叀〕……章……雨。

（三）「叀・婞・雨」

卜辭中「叀」後接「婞」再接「㞢雨」、「㞢从雨」、「亡其雨」、「亡其从雨」
等之辭。

例：

著　錄	編號／【綴合】／（重見）	卜　辭
合集	1121 正	（1）貞：叀婞，㞢雨。 （2）弜叀妷，亡其雨。
合集	1123+《上博》2426・798 【《甲拼續》592】	（1）甲申卜，宥，貞：叀婞，㞢从〔雨〕。 （2）貞：弜叀婞，亡〔其〕从〔雨〕。

（四）「叀・妷・雨」

卜辭中「叀」後接「妷」再接「㞢雨」、「㞢从雨」、「亡其雨」、「亡其从雨」
等之辭。

例：

著　錄	編號／【綴合】／（重見）	卜　辭
合集	1121 正	（1）貞：叀婞，㞢雨。 （2）弜叀妷，亡其雨。
合集	9177 正	（1）貞：今丙戌叀妷，㞢从雨。 （2）貞：妷，亡其从雨。

（五）「叀・聞・雨」

卜辭中「叀」後接「聞」再接「屮从雨」、「亡其雨」、「亡其从雨」等之辭。

例：

著　錄	編號／【綴合】／（重見）	卜　辭
合集	1136	（1）貞：屮〔从〕雨。 （2）貞：叀聞，屮从雨。
合集	1137+15674（《合補》3799） 【《甲拼》32】	（1）貞：弓叀，亡其从雨。 （3）貞：叀，屮从雨。 （4）貞：叀聞，屮从雨。

（六）「叀・辰・雨」

卜辭中「叀」後接「辰」再接「雨」、「又雨」、「亡雨」、「又大雨」等之辭。

例：

著　錄	編號／【綴合】／（重見）	卜　辭
合集	32297+34280【《醉》291】	（2）戊申貞：叀雨桒于稷。 （3）戊申卜，其叀辰女，雨。
合集	30169	（1）又大雨。吉 （2）其叀辰女，又雨。大吉 （3）弓叀，亡雨。吉
合集	30172	□□卜，其叀杏女，又大雨。大吉

（七）「叀・姘・雨」

卜辭中「叀」後接「姘」再接「之夕雨」之辭。

例：

著　錄	編號／【綴合】／（重見）	卜　辭
村中南	350	（1）己酉卜：叀姘。二月。庚用。之夕雨。 （2）叀翌庚叀姘。之夕雨。 （3）庚戌卜：戠勿叀。二告。用。 （4）丙辰卜：雨？今日……。

（八）「叀・嬌・雨」

卜辭中「叀」後接「嬌」再接「雨」之辭。

例：

著　　錄	編號／【綴合】／（重見）	卜　　辭
合集	32299	（2）甲申，貞：燎嬈，雨。

（九）「燎・祭名・雨」

卜辭中「燎」後接「祭名」再接「雨」、「从雨」等之辭。

例：

著　　錄	編號／【綴合】／（重見）	卜　　辭
合集	32290	（1）壬辰卜，燎岦，雨。 （2）壬辰卜，燎宓，雨。 （4）不雨。
合集	32291	（1）乙亥，貞：燎粦于祭，雨。
合集	1138	（1）甲子卜，燎釂京，从雨。

（十）「燎・犧牲・雨」

卜辭中「燎」後接「犧牲」再接「雨」之辭。

例：

著　　錄	編號／【綴合】／（重見）	卜　　辭
屯南	3244	癸……燎牢，雨。

六、叙──雨

在氣象卜辭的「叙──雨」詞項分作：

（一）「叙・雨」

卜辭中「叙」後接「雨」、「又雨」、「不雨」、「不其雨」等之辭。

例：

著　　錄	編號／【綴合】／（重見）	卜　　辭
合集	12869 正乙	貞：乎叙，雨。
合集	27254	（1）弜叙，又雨。 （2）其綱祖辛俚，又雨。 （4）其綱祖辛俚，車豚，又雨。 （6）其綱祖甲俚，又雨。
合集	25254	□卯卜，即，〔貞〕：王宲叙，不雨。三月。
合集	12869 正甲	勿叙，不其雨。

七、舞——雨

在氣象卜辭的「舞——雨」詞項分作：

（一）「舞‧雨」

卜辭中「舞」後接「雨」、「又雨」、「又大雨」、「大雨」、「雨不」、「不其雨」、「亡雨」、「亡其雨」、「从雨」等之辭。

例：

著　錄	編號／【綴合】／（重見）	卜　辭
合集	11960	（1）乙卯卜，不其雨。 （2）……舞雨。
合集	5456	（7）貞：舞虫雨。
合集	30031（《合集》41606）	（2）今日乙霽，亡雨。 （3）其霽寁，又大雨。 （4）于尋，又大雨。 （5）……大雨。
合集	30028	（3）叀万乎舞，又大雨。 （4）叀戍乎舞，又大〔雨〕。
合集	40429（《英藏》996）	（2）乎舞，亡雨。 （3）乎舞，虫雨。 （4）乎舞，亡雨。 （5）乎舞，虫雨。
英藏	01149	（4）舞河，从雨。

八、寧——雨

在氣象卜辭的「寧——雨」詞項分作：

（一）「寧‧雨」

卜辭中「寧」後接「雨」、「不雨」，及「寧」後有缺文，辭例不全等之辭。

例：

著　錄	編號／【綴合】／（重見）	卜　辭
合集	30187	（1）乙亥卜，孚雨，若。
合集	13040	（1）貞：勿孚雨。
懷特	1608	……寧雨。
屯南	900+1053【《綴彙》176】	（1）……上甲孚雨……允改。 （2）丁未，貞：弜孚雨上甲叀……

（二）「弜寧・雨」

卜辭中「弜寧」後接「雨」之辭。

例：

著　　錄	編號／【綴合】／（重見）	卜　　辭
屯南	900+1053【《綴彙》176】	（1）……上甲孚雨……允伇。 （2）丁未，貞：弜孚雨上甲叀……

九、宜──雨

在氣象卜辭的「宜──雨」詞項分作：

（一）「宜・雨」

卜辭中「宜」後接「雨」、「之夕雨」、「不遘雨」等之辭。

例：

著　　錄	編號／【綴合】／（重見）	卜　　辭
合集	13358（《蘇德美日》《德》60）	□日亡風，之日宜，雨。
合集	13225+39588【《契》191】	（3）癸酉卜，呂，貞：翌乙亥易日。乙亥宜于水，風，之夕雨。
合集	38178	（1）甲辰卜，貞：翌日乙王其宓，宜于章，衣，不遘雨。 （2）其遘雨。 （3）辛巳卜，貞：今日不雨。

十、钔──雨

在氣象卜辭的「钔──雨」詞項分作：

（一）「钔・雨」

卜辭中「钔」後接「不雨」、「又雨」、「又大雨」、「亡大雨」、「不冓雨」等之辭。

例：

著　　錄	編號／【綴合】／（重見）	卜　　辭
合集	30156	（1）壬不雨。钔，不雨，于癸延雨。
屯南	2254	（1）壬寅卜，王其叙戜于盂田，又雨，受年。 （2）……叙……又雨。 （3）……今往，王乎每钔，叀之又用，又雨。 （4）……钔，又雨。

合集	30033	（1）其叟舟，又大雨。 （2）弜叟，亡大雨。
合集	32329 正	（2）上甲不冓雨，大乙不冓雨，大丁冓雨。茲用 （3）庚申，貞：今來甲子酚，王大舟于大甲，叀六 　　　十小宰，卯九牛，不冓雨。

十一、叟雨／燹雨

在氣象卜辭的「叟——雨」、「燹——雨」詞項分作：

（一）「叟‧雨」

卜辭中「叟」後接「又大雨」、「亡大雨」等之辭。

例：

著　　錄	編號／【綴合】／（重見）	卜　　辭
合集	30033	（1）其叟舟，又大雨。 （2）弜叟，亡大雨。
合集	30411	（1）□酉卜，王其叟岳叀重犬□眔豚十，又大雨。 　　　大吉
合集	30637+30666【《合補》9516】	（2）叟舟于之，又大雨。

（二）「燹‧雨」

卜辭中「燹」後接「小雨」之辭。

例：

著　　錄	編號／【綴合】／（重見）	卜　　辭
屯南	4513+4518	（2）戊寅卜，于癸舞，雨不。三月。 （4）乙酉卜，于丙奉岳，从。用。不雨。 （5）乙未卜，其雨丁不。四月。 （6）乙未卜，翌丁不其雨。允不。 （10）辛丑卜，奉燹，从。甲辰陷，小雨。四月。

十二、吞雨

在氣象卜辭的「吞——雨」詞項分作：

（一）「吞‧雨」

卜辭中「吞」後接「雨」、「其雨」等之辭。

例：

著　錄	編號／【綴合】／（重見）	卜　辭
屯南	0679	甲申卜，杏雨于河。吉
合集	24398	（3）甲寅卜，王曰：貞：王其步自𠂤，又杏自雨。才四〔月〕。 （4）貞：不其杏。
屯南	2838	（2）翌日乙，大史祖丁，又杏自雨，啟。

　　詞項一「杏・雨」所收《合集》24398（3）：「甲寅卜，王曰：貞：王其步自𠂤，又杏自雨。才四〔月〕。」、（4）：「貞：不其杏。」前一辭應讀為「王自𠂤出發，親自舉行除雨之祭」，而後一辭則省略前面的敘述，讀為「（王）不親自舉行除雨之祭」

　　詞項一「杏・雨」所收《合集》30177：「亡杏自雨。」與《屯南》2838（2）：「翌日乙，大史祖丁，又杏自雨，啟。」可見「亡杏自雨」、「又杏自雨」相對，又《屯南》2838在「親自舉行除雨之祭」後，預料天空將會放晴，這也很合乎卜辭的內容，同時原考釋認為同版的下一辭為「不雨」，但從原片來看，疑似為「雨」字的下半部殘泐未見，且字頭橫畫也較斜，僅做備考。

《屯南》2838

十三、祭牲──雨

在氣象卜辭的「祭牲──雨」詞項分作：

（一）「牢·雨」

卜辭中「牢」後接「雨」、「又雨」、「又大雨」、「不雨」等之辭。

例：

著　　錄	編號／【綴合】／（重見）	卜　　辭
屯南	1120	（5）甲戌卜，叀于姚牢，雨。
合集	29996	（1）叀□，又〔雨〕。 （2）叀羊，又雨。 （3）叀牢，又雨。
合集	30017+30020+41608【《綴續》505】	（2）叀羊，又大雨。 （3）叀小牢，又大雨。 （4）叀牛，又大雨。 （5）□羌□大雨。
屯南	1062	（2）丙寅，貞：又于𢆶夒小牢，卯牛一。茲用。不雨。 （8）戊辰〔卜〕，及今夕雨。 （9）弗及今夕雨。

（二）「牢·雨」

卜辭中「牢」後接「雨」、「不雨」、「又雨」、「小雨」、「大雨」等之辭。

例：

著　　錄	編號／【綴合】／（重見）	卜　　辭
合集	33617	……大牢，雨……
合集	22274	（1）又兄丁二牢，不雨。用，征。 （8）貞：王亡堇单征雨。
合集	30343	（2）牢用，又雨。
合集	33331	（2）甲辰卜，乙巳其夒于岳大牢，小雨……
合集	28244	（4）叀大牢，此大雨。

（三）「牛·雨」

卜辭中「牛」後接「雨」、「其雨」、「又雨」、「又大雨」、「亦雨」、「不雨」、「不菁雨」等之辭。

例：

著　錄	編號／【綴合】／（重見）	卜　辭
合集	32358	□□卜，其叀于上甲三羊，卯牛三，雨。
合集	12948 正	（1）□子卜，〔殼〕，貞：王令……河，沈三牛，叀三牛，卯五牛。王固曰：丁其雨。九日丁酉允雨。
合集	29998	叀〔牛〕，又雨。
合集	30017+30020+41608【《綴續》505】	（2）叀羊，又大雨。 （3）叀小宰，又大雨。 （4）叀牛，又大雨。 （5）□羌□大雨。
合集	20968	丙戌卜……日酚桒……牛……昃用……北往……雨，之夕……亦雨。二月。
屯南	1062	（2）丙寅，貞：又于🐚叀小宰，卯牛一。茲用。不雨。 （8）戊辰〔卜〕，及今夕雨。 （9）弗及今夕雨。
合集	32329 正	（2）上甲不冓雨，大乙不冓雨，大丁冓雨。茲用 （3）庚申，貞：今來甲子酚，王大钊于大甲，叀六十小宰，卯九牛，不冓雨。

（四）「羊・雨」

卜辭中「羊」後接「雨」、「又雨」、「又大雨」、「从雨」、「不雨」、「亡雨」等之辭。

例：

著　錄	編號／【綴合】／（重見）	卜　辭
合集	20981	……羊，雨。
合集	29656	（1）叀羊，又雨。 （2）叀小宰，又雨。
合集	30017+30020+41608【《綴續》505】	（2）叀羊，又大雨。 （3）叀小宰，又大雨。 （4）叀牛，又大雨。 （5）□羌□大雨。
合集	20975	（2）壬午卜，🐚，桒山、🐚青，雨。 （3）己丑卜，舞羊，今夕从雨，于庚雨。 （4）己丑卜，舞〔羊〕，庚从雨，允雨。
合集	20950	（2）司癸卯羊，〔其〕……今日雨，至……不雨。
屯南	2623	（2）弜用黃羊，亡雨。 （3）叀白羊用，于之又大雨。

（五）「豕・雨」

卜辭中「豕」後接「雨」之辭。

例：

著　錄	編號／【綴合】／（重見）	卜　辭
合集	34204	（2）車己賣豕于岳，雨。 （3）于辛賣，雨。
合集	34284	（1）甲辰，乙雨。 （2）乙巳卜，賣十豕，雨。

（六）「豚・雨」

卜辭中「豚」後接、「又雨」、「又大雨」、「此雨」等之辭。

例：

著　錄	編號／【綴合】／（重見）	卜　辭
合集	29548	（1）車豚五，又雨。 （2）〔車〕豚十，又雨。
合集	30393	（2）□眾□車小宰，又大雨。 （3）辣風車豚，又大雨。 （4）……雨。
合集	31191	（1）三豚，此雨。 （2）車犬一，此雨。 （3）二犬，此雨。 （4）三犬，此雨。

（七）「羌・雨」

卜辭中「羌」後接「雨」、「大雨」等之辭。

例：

著　錄	編號／【綴合】／（重見）	卜　辭
合集	32057+33526【《甲拼》195】	（5）乙巳貞：王又彳歲〔于〕父丁三牢，羌十又五。若茲卜雨。
合集	30017+30020+41608【《綴續》505】	（2）車羊，又大雨。 （3）車小宰，又大雨。 （4）車牛，又大雨。 （5）□羌□大雨。

柒、與田獵相關的雨

一、田‧雨

在氣象卜辭的「田‧雨」詞項分作：

（一）「王田‧雨」

卜辭中「王田」後接「不雨」、「不菁雨」等之辭。

例：

著　　錄	編號／【綴合】／（重見）	卜　　辭
合集	28668	（2）王叀辛田，不雨。 （3）辛其雨。 （4）……王……田……雨。
合集	29084	（6）丁丑卜，狄，貞：其遘雨。 （7）丁丑卜，狄，貞：王田，不遘雨。

（二）「王往田‧雨」

卜辭中「王往田」後接「雨」、「其雨」、「不雨」等之辭。

例：

著　　錄	編號／【綴合】／（重見）	卜　　辭
合集	28593 反	（1）□未卜，王往田，雨。
合集	13758 反	（2）貞：王其往田，其雨。
合集	33412（《中科院》1604）	（1）乙卯卜，王往田，不雨。

（三）「王弜往田‧雨／王不往田‧雨」

卜辭中「王弜往田」或「王不往田」後接「雨」、「其雨」等之辭。

例：

著　　錄	編號／【綴合】／（重見）	卜　　辭
合集	28603	王不往田，雨。
合集	28602	乙丑卜，王弜征往田，其雨。

（四）「王弜田‧雨」

卜辭中「王弜田」後接「其遘大雨」、「亡大雨」等之辭。

例：

著　錄	編號／【綴合】／（重見）	卜　辭
合集	28680	（1）于壬王田，湄日不〔雨〕。 （2）壬王弜田，其每，其冓大雨。
合集	28717	（1）辛王弜田，其雨。 （2）□王異田，亡大雨。

（五）「王其田‧雨」

卜辭中「王其田」後接「不雨」、「不冓雨」、「不冓小雨」、「不冓大雨」、「亡大雨」等之辭。

例：

著　錄	編號／【綴合】／（重見）	卜　辭
合集	28346	（2）乙王其田，湄日不雨。
合集	28512	（1）……王其田，湄日亡戈，不冓雨
合集	28347	（3）王其田狩，不冓大雨。
合集	29177+27809【《甲拼三》631】	（1）丁至庚，不冓小雨。大吉 （2）丁至庚，不冓小雨。吉　茲用。小雨。 （3）辛王其田至壬不雨。吉 （4）辛至壬，其冓大雨。 （5）……茲……又大雨。
英藏	02302	王其田狄，湄日亡不雨。

（六）「王迺田‧雨」

卜辭中「王迺田」後接「不雨」「不冓大雨」等之辭。

例：

著　錄	編號／【綴合】／（重見）	卜　辭
合集	28608	（2）于壬王迺田，湄日亡戈。不雨。
屯南	0757	（1）辛弜田，其每，雨。 （2）于壬王迺田，湄日亡戈，不冓大雨。

（七）「王‧省田‧雨／王‧田省‧雨」

卜辭中「王」後接「省田」或「田省」，再接「不雨」、「不冓雨」、「冓大雨」、「不冓大雨」等之辭。

例：

著　錄	編號／【綴合】／（重見）	卜　辭
合集	28647	貞：王叀田省，湄〔日〕不雨。

合集	28633	（1）于丁〔王〕省田，亡戋，〔不〕冓〔雨〕。 （2）于辛省田，亡戋，不冓雨。
合集	28645	王叀田省，湄日亡戋，不冓大雨。

（八）「省田・雨／田省・雨」

卜辭中「省田」或「田省」後再接，再接「雨」、「其雨」、「遘雨」、「不遘雨」、「遘大雨」、「不遘大雨」等之辭。

例：

著　錄	編號／【綴合】／（重見）	卜　辭
合集	28657	（1）貞……其雨。 （2）叀田省，雨。
合集	28993	（2）弜省宮田，其雨。 （3）叀喪田省，不雨。 （4）弜省喪田，其雨。 （5）……王其□虞田□，入，亡〔戋〕，不冓大雨。
合集	28658	（1）叀田省，冓大〔雨〕。 （2）〔翌〕日乙雨。
合集	29177+27809【《甲拼三》631】	（1）壬王其〔省〕宮田，不雨。 （2）弜省宮田，其雨。吉 （4）王至喪，其雨。吉
合集	28993	（2）弜省宮田，其雨。 （3）叀喪田省，不雨。 （4）弜省喪田，其雨。 （5）……王其□虞田□，入，亡〔戋〕，不冓大雨。

（九）「弜田・雨」

卜辭中「弜田」後接「其雨」、「其遘雨」、「遘大雨」、「其遘大雨」

例：

著　錄	編號／【綴合】／（重見）	卜　辭
合集	28556	（2）弜田，其雨。 （3）壬弜田，其雨。
屯南	2192	（1）弜〔省〕喪〔田〕，其〔冓雨〕。 （2）叀于田省，不冓雨。 （3）弜省盂田，不冓雨。 （4）叀宮田省，不冓雨。 （5）〔弜〕省宮〔田〕，〔其〕冓雨。

合集	30144+ 28515+《安明》1952【《契》116】	（1）戊辰卜：今日戊，王其田，湄日亡戈，不……大吉 （2）弜田，其每，遘大雨。 （3）……湄日亡戈，不遘大雨。 （4）其獸，湄日亡戈，不遘大雨……吉
屯南	0042	（1）弜田，其菁大雨。 （2）自旦至食日不雨。 （3）食日至中日不雨。 （4）中日至昃不雨。

（十）「王田・地名・雨」

卜辭中「王田」後接「地名」，再接「其雨」、「不雨」、「不遘雨」、「不遘大雨」等之辭。

例：

著　錄	編號／【綴合】／（重見）	卜　辭
合集	29248+28678【《甲拼》168】	（4）王弜沇，其雨。〔註83〕 （5）王叀窂田，不菁雨。吉
合集	37685	□□卜，貞：王田，叀……不雨。
合集	29253	（1）王叀窂田，亡戈，不菁〔雨〕。 （2）弜田窂，其雨。
合集	41866《英藏》2567	（2）壬申卜，才盏，今日不雨。 （3）其雨。茲卩。 （4）□寅卜，貞：〔今〕日戊王〔田〕獎，不遘大雨。

（十一）「田・雨」

卜辭中「田」後接「雨」、「又雨」、「又大雨」、「不雨」、「不菁雨」、「其菁雨」、「畱雨」等之辭。

例：

著　錄	編號／【綴合】／（重見）	卜　辭
合集	28748	壬田，其〔雨〕。
合集	29214	（2）于宮霥，又雨。 （3）□□田霾，又大雨。

〔註83〕王子揚認為「沇」字應為「奚」字異體，此字多出現在黃組卜辭和出組卜辭中，用為田獵地名。參見王子揚：《甲骨文字形類組差異現象研究》（北京：首都師範大學文學院博士論文，2011年10月），頁279～281。

合集	29326	虫（賢？）〔田〕，〔湄〕日亡災，不〔雨〕。
屯南	0984	（2）辛其遘雨。 （3）虫田……糸束，不遘雨。
合補	13345（《蘇德美日》《德》293）	（1）其田，不菁雨。 （2）弜狄田，其菁雨。
合集	9059+12897【《綴續》546】	（1）〔貞〕：甾雨不隹□田……

（十二）「……田……雨」

「田」前後或辭例不全，或有其他描述，再與「雨」相連之辭。

例：

著　錄	編號／【綴合】／（重見）	卜　辭
合集	10136 正	（3）己亥卜，爭，貞：才始田，出正雨。
合集	28557	……田，不遘大風，雨。
合集	33438	……往田，不雨。
合補	9084	（2）……田……雨。
合補	9386	其田……雨。

二、狩獵・雨

在氣象卜辭的「狩獵・雨」詞項分作：

（一）「戰・雨」

卜辭中「戰」前／後接「雨」、「其雨」、「不雨」等之辭。

例：

著　錄	編號／【綴合】／（重見）	卜　辭
合集	20757	（1）己亥卜，不盉，雨戰玟印。 （2）庚子卜，不盉，大風，戰玟。
合集	28785	弜戰，其雨。
合集	28776	（1）王□田□，不〔雨〕。 （2）王其戰，不雨。 （3）丁巳卜，今夕不雨。

（二）「禽・雨」

卜辭中「禽」前接「雨」之辭。

例：

著　錄	編號／【綴合】／（重見）	卜　辭
屯南	2365	（1）辛卯卜，今日□雨。茲允。 （2）不雨。 （3）壬寅卜，今日〔雨〕，牢。 （4）不雨。

（三）「隻‧雨」

卜辭中「隻」前／後接「雨」、「不雨」、「既雨」等之辭。

例：

著　錄	編號／【綴合】／（重見）	卜　辭
合集	10222	（1）……今夕其雨……其雨。之夕允不雨。 （2）隻象。
合集	40262	貞：不雨……不隻。辛……
合集	21940	（1）□□卜，既雨……〔隻〕……

詞項三「隻‧雨」所收之辭例，有部份「隻」、「雨」並非見於同一辭，而可能是同版的前後辭，如：

（1）……今夕其雨……其雨。之夕允不雨。

（2）隻象。

《合集》10222

（1）□□卜，今夕雨。

（2）王其往逐鹿，隻。

《合集》10292

（1）……往田隻。

（2）……往……隻。

（3）……卜……既雨。

《合集》21940+《乙》1472【《醉》318】

可由前後辭所見，此次貞卜言「獲某」或「獲」，應當屬於田獵之事，又有卜雨之詞，為田獵卜辭中與氣象相關的辭例。另《合集》10222、《合集》10292可見皆卜問「今晚是否會下雨」，因為其目的是要獵補野獸，且實際有獲獸的紀錄，這也是商人有在夜間田獵的事證。

捌、對降雨的心理狀態

一、弜雨

在「弜」與「雨」的組合中，詞項分作：

（一）「弜・雨」

卜辭中「弜」後接「雨」、「从雨」之辭。

例：

著　　錄	編號／【綴合】／（重見）	卜　　辭
合集	11506 反	（1）王固曰：之日弜雨。乙卯允明陰，气凼（阱），食日大晴。
合集	41332	（2）貞：弜从雨，辛叀〔王〕族乎……

（二）「弜孽・雨」

卜辭中「弜孽」後接「雨」之辭。

例：

著　　錄	編號／【綴合】／（重見）	卜　　辭
合集	10109	（3）弜孽年，坐雨。

（三）「弜燮・雨」

卜辭中「弜燮」後接「亡其雨」、「亡其从雨」之辭。

例：

著　　錄	編號／【綴合】／（重見）	卜　　辭
合集	1121 正	（1）貞：燮婵，坐雨。 （2）弜燮材，亡其雨。
合集	1137+15674【《甲拼》32】	（1）貞：弜燮，亡其从雨。 （3）貞：燮，坐从雨。 （4）貞：燮聞，坐从雨。

（四）「弜舞・雨」

卜辭中「弜舞」後接「亡其雨」、「亡其从雨」等之辭。

例：

著　　錄	編號／【綴合】／（重見）	卜　　辭
合集	12841 正甲+12841 正乙+《乙補》3387+《乙補》3376【《醉》123】	（1）……舞，坐从雨。 （2）貞：弜舞，亡其从雨。
合集	14197 正	（3）貞：弜舞河，亡其雨。

（五）「弓叔・雨」

卜辭中「弓叔」後接「不其雨」之辭。

例：

著　錄	編號／【綴合】／（重見）	卜　辭
合集	12869 正甲	弓叔，不其雨。

（六）「弓羍・雨」

卜辭中「弓羍」後接「亡其雨」之辭。

例：

著　錄	編號／【綴合】／（重見）	卜　辭
合集	12825	（1）□〔酉〕卜，今〔日〕弓羍，〔亡〕其雨。
合集	14755 正	（3）貞：翌丁卯羍舞，业雨。 （4）翌丁卯弓，亡其雨。 （9）貞：业从雨。

（七）「弓侑・雨」

卜辭中「弓侑」後接「不雨」之辭。

例：

著　錄	編號／【綴合】／（重見）	卜　辭
合集	12439 反	……曰弓业不雨……

（八）「弓覀・雨」

卜辭中「弓覀」後接「雨」之辭。

例：

著　錄	編號／【綴合】／（重見）	卜　辭
合集	13040	（1）貞：弓覀雨。

（九）「弓帝・雨」

卜辭中「弓帝」後接「雨」之辭。

例：

著　錄	編號／【綴合】／（重見）	卜　辭
合集	14363	（1）〔庚〕戌卜，虎，弓帝于滴，雨。

（十）「弜……雨」

卜辭中「弜」後文例不全，或缺字，再接「雨」之辭。

例：

著　錄	編號／【綴合】／（重見）	卜　　辭
合集	2268 正+13283 正+《乙》4169 +《合補》5270 正+《乙》2527+《乙》3607+《乙補》817+《乙補》3229+《乙補》3295+《乙》8030【《綴彙》471】	（1）……庚子□日。王固曰：攸，弜□。之夕雨，庚子攸。
合集	2527+12652【《契》62】	（3）……弜……隹……出雨。

（十一）「其他」

卜辭中「弜」後接其他動詞，再接「雨」、「遘雨」之辭。

例：

著　錄	編號／【綴合】／（重見）	卜　　辭
合集	12573（《合集》24878）+《合補》4481【《甲拼續》484】	（1）辛酉卜，出，貞：弜見，其遘雨，克卒。五月。
合集	12590	（2）弜即穷，雨。六月。

　　詞項一「弜・雨」甲骨語法結構中，弜字後當接動詞，於氣象卜辭中應當是「弜」＋「祭祀動詞」＋「雨」的句構，因此本項所收錄之辭例，或為省略「弜」、「雨」間的動詞。

　　詞項六「弜桒・雨」所收的《合集》14755 正（3）：「貞：翌丁卯桒舞，出雨。」、（4）：「翌丁卯弜，亡其雨。」第（4）辭「翌丁卯弜」應是「弜桒舞」之省，「出雨」、「亡其雨」對貞，因此也收於本詞項中。而（4）辭同見兩個否定詞「弜」、「亡」，顯然此二詞有表義上的差異，本辭當讀作「下一個丁卯日，不要用舞蹈的方式來進行禱祭，那麼便沒有雨了。」

　　詞項六「弜桒・雨」所收的《合補》3484（1）：「貞：弜于河桒雨。」此辭當讀作「不要向河進行祈禱下雨的祭祀」，也可視為「弜桒」的類型，因此一併收入此詞項。

《合集》14755 正　　　　　　《合集》14755 正局部

二、弜雨

在「弜」與「雨」的組合中，詞項分作：

（一）「弜・雨」

卜辭中「弜」後接「雨」、「征雨」之辭。

例：

著　　錄	編號／【綴合】／（重見）	卜　　辭
合集	29917	（3）弜雨。
合集	28425	（2）弜，亡雨。

（二）「弜舞・雨」

卜辭中「弜舞」後接「雨」、「不其雨」等之辭。

例：

著　　錄	編號／【綴合】／（重見）	卜　　辭
合集	33880	（2）癸巳卜，今日雨。允〔雨〕。 （3）癸巳卜，甲午雨。 （4）甲午卜，弜舞，雨。
合集	20972	〔弜〕舞，今日不其雨，允不。

（三）「弜桒‧雨」

卜辭中「弜桒」後接「雨」、「其雨」、「亡雨」之辭。

例：

著　　錄	編號／【綴合】／（重見）	卜　　辭
屯南	3567	（2）丁卯，貞：叀〔桒〕于河，袞，雨。 （3）弜桒，雨。
合集	31036	（1）乙弜鬻戚，其雨。 （2）于丁亥桒戚，不雨。 （3）丁弜桒戚，其〔雨〕。
合集	27656+27658【《合補》9518】	（2）弜于示桒，亡〔雨〕。 （3）于伊尹桒，乙大雨。 （4）弜桒于伊尹，亡雨。

（四）「弜鬻‧雨」

卜辭中「弜鬻」後接「雨」之辭。

例：

著　　錄	編號／【綴合】／（重見）	卜　　辭
合集	31036	（1）乙弜鬻戚，其雨。 （2）于丁亥桒戚，不雨。 （3）丁弜桒戚，其〔雨〕。

（五）「弜燮‧雨」

卜辭中「弜燮」後接「雨」、「亡雨」之辭。

例：

著　　錄	編號／【綴合】／（重見）	卜　　辭
合集	32298	（2）弜燮，雨。
合集	30169	（1）又大雨。吉 （2）其燮永女，又雨。大吉 （3）弜燮，亡雨。吉

（六）「弜袞‧雨」

卜辭中「弜袞」後接「亡雨」之辭。

例：

著　錄	編號／【綴合】／（重見）	卜　辭
合集	41411（《英藏》2366）	（2）弜叀于閃，亡雨。 （3）叀閃叀酚，又雨。 （4）其叀于霏，又大雨。 （5）弜叀，亡雨。 （6）霏粟門虐酚，又雨。

（七）「弜酚・雨」

卜辭中「弜酚」後接「大雨」、「亡雨」之辭。

例：

著　錄	編號／【綴合】／（重見）	卜　辭
合集	27039	（1）弜丁酚，又大〔雨〕。
屯南	2261	（1）甲弜酚，亡雨。 （2）于乙酚，又雨。 （3）乙弜酚，亡雨。

（八）「弜叙・雨」

卜辭中「弜叙」後接「亡大雨」之辭。

例：

著　錄	編號／【綴合】／（重見）	卜　辭
合集	30415	（1）于岳桒年，又〔雨〕。大吉 （2）其桒年河眔岳，酚，又大雨。 （4）其叙岳，又大雨。 （5）弜叙，即宗，又大雨。

（九）「弜曲・雨」

卜辭中「弜曲」後接「亡大雨」之辭。

例：

著　錄	編號／【綴合】／（重見）	卜　辭
合集	30033	（1）其曲卯，又大雨。 （2）弜曲，亡大雨。

（十）「弜尋・雨」

卜辭中「弜尋」後接「雨」、「遘大雨」之辭。

例：

著　錄	編號／【綴合】／（重見）	卜　辭
合集	28749+31059【《甲拼》241】	（2）乙王尋，其每。雨。 （3）……王弜尋，其每。雨。
合集	31064	貞：弜尋，其遘大雨。

（十一）「弜田・雨」

卜辭中「弜田」後接「其雨」、「其遘雨」、「遘大雨」、「不雨」等之辭。

例：

著　錄	編號／【綴合】／（重見）	卜　辭
合集	28556	（2）弜田，其雨。 （3）壬弜田，其雨。
合補	13345（《蘇德美日》《德》293）	（1）其田，不冓雨。 （2）弜狄田，其冓雨。
合集	30144+28515+《安明》1952【《契》116】	（1）戊辰卜：今日戊，王其田，湄日亡戈，不……大吉 （2）弜田，其每，遘大雨。 （3）……湄日亡戈，不遘大雨。 （4）其獸，湄日亡戈，不遘大雨……吉
合集	28993	（2）弜省宮田，其雨。 （3）叀喪田省，不雨。 （4）弜省喪田，其雨。 （5）……王其□虞田□，入，亡〔戈〕，不冓大雨。

（十二）「弜獸・雨」

卜辭中「弜獸」後接「其雨」之辭。

例：

著　錄	編號／【綴合】／（重見）	卜　辭
合集	28785	弜獸，其雨。

（十三）「弜步・雨」

卜辭中「弜步」後接「亡雨」之辭。

例：

著　錄	編號／【綴合】／（重見）	卜　辭
合集	28245	（2）弜步，亡雨。

（十四）「弜取‧雨」

卜辭中「弜取」後接「亡大雨」之辭。

例：

著　　錄	編號／【綴合】／（重見）	卜　　辭
合集	30410	（2）弜取，亡大雨。吉 （3）……即……岳，又大雨。

（十五）「弜匕‧雨」

卜辭中「弜匕」後接「菁雨」之辭。

例：

著　　錄	編號／【綴合】／（重見）	卜　　辭
合集	33925+27915【《合補》9048】	（1）王其匕……不雨。 （2）弜匕，菁雨。

（十六）「弜用‧雨」

卜辭中「弜」後接「亡雨」之辭。

例：

著　　錄	編號／【綴合】／（重見）	卜　　辭
合集	30552	（1）弜用黃羊，亡雨。 （2）叀白羊用，于之，又大雨。

（十七）「弜……雨」

卜辭中「弜」後辭例不全，或有其他描述，再接「雨」、「菁雨」之辭。

例：

著　　錄	編號／【綴合】／（重見）	卜　　辭
合集	30077	（1）戊，王弜……其菁雨。 （2）〔其〕菁大雨。
合集	27310	（2）弜以万。茲用。雨。 （5）……至……弗每，不雨。

　　詞項一「弜‧雨」同前一小節的「弓‧雨」，弜後當接動詞，因此本項所收錄之辭例，或為省略「弜」、「雨」間的動詞，由本項所收的《合集》28425（2）：「弜，亡雨。」可證，從整版的辭例來看，弜後應省略了前一條卜辭重複的部份，

完整之辭意應是「弜某，亡雨」，至於「某事」或「某行動」為何，同版（1）
僅見「癸酉卜，其……」下半骨條未見，因此也不可而之了。

　　詞項十一「弜田‧雨」所收的《合集》2850（1）：「弜省，其雨。」參照（2）：
「今日王其田，湄日不雨。」以及田獵卜辭常見的用語，「弜省」當為「弜省田」
之意；同樣的，《合集》28678+29248【《甲拼》168】（4）：「王弜兇，其雨。」
參照（5）：「王叀牢田，不冓雨。吉」皆屬於田獵卜辭，因此也收入本項。

　　詞項十一「弜田‧雨」所收的《合集》29081、29082，兩辭皆作「弜……喪……
其雨。」參照《合集》29002、29003 等版，可見「弜省喪田」之語，喪地應是
商王的田獵範圍，因此《合集》29026：「弜至喪，其雨。」也當視為「弜田‧雨」
詞項的範圍。

三、不雨

　　在「不」與「雨」的組合中，詞項分作：

（一）「不雨」

　　卜辭中含有「不雨」之辭。

例：

著　　錄	編號／【綴合】／（重見）	卜　　辭
合集	423	（3）〔翌乙未其雨〕。 （4）翌乙未不雨。 （5）〔翌丁〕酉其雨。 （6）不雨。 （7）〔翌戊〕戌雨。 （8）翌戊戌不雨。 （9）翌己亥其雨。 （10）不雨。 （11）翌庚子其雨。 （12）〔翌庚〕子不雨。 （13）翌辛丑其雨。 （14）翌辛丑不雨。 （16）翌壬寅不雨。 （17）癸卯其〔雨〕。 （18）翌癸卯不雨。
合集	11804+《合補》3751+13248【《契》70】	（3）貞：自今至于庚辰不雨。 （4）不雨。

		（5）不雨。
		（6）貞：翌甲申易日。
		（7）不其易日。
		（8）翌甲申易日。
		（9）不其易日。

（二）「不‧雨」

卜辭中「不」後接「亦雨」、「征雨」、「令雨」、「㘡雨」、「盧雨」、「大雨」、「聯雨」、「寮雨」、「多雨」、「雨疾」等各種不同類型的雨的卜辭。

例：

著　錄	編號／【綴合】／（重見）	卜　辭
合集	870 正+6232【《合補》3128 正遙綴】	（3）貞：不亦雨。
合集	3971 正+3992+7996+ 10863 正+13360+16457+ 《合補》988+《合補》3275 正+《乙》6076+《乙》7952 【《醉》150】	（10）□翌辰□其征雨。 （11）不征雨。
合集	5658 正	（10）丙寅卜，爭，貞：今十一月帝令雨。 （11）貞：今十一月帝不其令雨。 （14）不征雨。
合集	12283 反	（1）今夕丙其雨。 （2）今夕不㘡雨。
合集	12663	貞：不盧雨。
合集	30060	今日癸不大雨。
合集	32176（部份重見《合集》33129）	（3）甲子卜，不聯雨。 （4）其聯雨。
合集	33871	（1）丁雨。 （2）丙寅卜，丁卯其至寮雨。 （3）丁卯卜，今日雨。夕雨。 （7）庚午卜，雨。 （8）乙亥卜，今日其至不寮雨。 （9）乙其雨。 （10）乙其雨。
合集	38160	（2）不多雨。 （3）辛亥卜，貞：征雨。
合集	12674	今不雨疾。

（三）「雨・不」

卜辭中「雨」後接「不」，或「不某事」、「不某行動」、「不某種狀態」之辭。

例：

著　錄	編號／【綴合】／（重見）	卜　辭
合集	10140	（2）貞：茲雨不隹年。
合集	12806	（1）□西雨不征。
合集	12817 正	（1）貞：雨其霾。 （2）〔貞〕：雨不霾。
合集	12897+9059【《甲拼續》546】	（1）〔貞〕：茲雨不隹□田……
合集	40595（《英藏》1074）	貞：茲雨不〔隹〕囚。
合集	40865（《合補》6858）	（2）戊子卜，余，雨不。庚大夃。 （4）羍。貞……卜曰：翌庚寅其雨。余曰：己其雨。不雨。庚大夃。

（四）「不其・雨」

卜辭中「不其」後接「雨」、「令雨」、「亦雨」、「亦祉雨」、「盅雨」、「征雨」、「多雨」、「从雨」、「明雨」、「小雨」之辭。

例：

著　錄	編號／【綴合】／（重見）	卜　辭
合集	140 反	（3）貞：今日雨。 （4）貞：今日不其雨。
合集	900 正	（7）自今庚子〔至〕于甲辰帝令雨。 （8）至甲辰帝不其令雨。
合集	223 正（《合集》16248）	（8）貞：不其亦雨。
合集	6589 正	（6）貞：不亦祉雨。 （7）貞：其亦祉雨。
合集	1330	（5）貞：不其盅雨。 （6）盅雨。
合集	3286+4570【《合補》495正、《綴彙》9】	（4）今丙午不其征雨。 （6）貞：今丙午征雨。
合集	12543	……三月不其多〔雨〕。
合集	14115+14116【《甲拼》44】	（1）壬申卜，多冒舞，不其从雨。
合集	6037 反	（1）翌庚其明雨。 （2）不其明雨。

		（3）〔王〕固曰：易日，其明雨，不其夕〔雨〕小。 （4）王固曰：其雨。乙丑夕雨小，丙寅喪，雨多， 　　丁……
合集	12712	貞：今夕不其小雨。

（五）「不‧冓雨」

卜辭中「不」後接「不冓雨」、「不冓小雨」、「不冓大雨」之辭。

例：

著　　錄	編號／【綴合】／（重見）	卜　　辭
合集	1972	……酌匚于丁，不冓雨。
合集	28625+29907+30137【《合補》9534、《甲拼》172】	（1）王其省田，不冓大雨。 （2）不冓小雨。 （3）其冓大雨。 （4）其冓小雨。 （5）今日庚湄日至昏不雨。 （6）今日其雨。
合集	3250	丙子卜，貞：多子其征疒疫，不冓大雨。

（六）「不酌‧雨」

卜辭中「不酌」後接「雨」之辭。

例：

著　　錄	編號／【綴合】／（重見）	卜　　辭
合集	903 正	（3）乙卯卜，殼，貞：來乙亥酌下乙十伐业五， 　　卯十牢。二旬业一日乙亥不酌，雨。五月。

（七）「不……雨」

卜辭中「不」後辭例不全，再接「雨」、「冓雨」之辭。

例：

著　　錄	編號／【綴合】／（重見）	卜　　辭
合集	1558+13385【《契》39】	（1）貞……不……雨。 （3）貞：茲云其雨。
合集	24889	（1）丁巳……不……雨。 （2）……〔雨〕。六月。
合集	40239（《英藏》1024）	今日不至……庚雨。

（八）「其不雨」

卜辭中含有「其不雨」之辭。

例：

著　　錄	編號／【綴合】／（重見）	卜　　辭
合集	13003+13004【《合補》3654】	（1）辛巳卜，貞：其不雨。 （2）貞：卜不雨。

（九）「卜不雨」

卜辭中含有「卜不雨」之辭。

例：

著　　錄	編號／【綴合】／（重見）	卜　　辭
合集	13003+13004【《合補》3654】	（1）辛巳卜，貞：卜其雨。 （2）貞：卜不雨。

（十）「其他」

卜辭中含有「不」、「雨」之字，而難以分類於上述詞項之辭。

例：

著　　錄	編號／【綴合】／（重見）	卜　　辭
合集	12540	貞：❖不以，雨。三月。
合集	13021（《合集》20546）	（2）□巳卜，王，壬申不䨮雨。二月。
合集	20757	（1）己亥卜，不㚔，雨戠玨印。
合集	20421	（2）戊申卜，今日方征不。昃雨自北。

詞項九「卜不雨」僅收《合集》13003+13004 一版：

（1）辛巳卜，貞：卜其不雨。

（2）貞：卜不雨。

《合集》13003+13004【《合補》3654】

卜字在貞字之後出現的文例罕見，從行款來看，卜字前應無可能有干支，且（1）已見干支，而第二個卜字的寫法與「干支卜」的卜字，左右相反，可能表示不同的意義，或「卜」字為衍文，而「卜不雨」如何讀，目前尚未有個較合適的讀法。

　　詞項三「雨‧不」所收錄的卜辭，與詞項二「不‧雨」的卜辭，較大的差異是在對於如何描述「雨」的狀態，如：

　　　　（2）雨不征。

《合集》33944

　　　　（1）不征雨。

《合集》3458 正

這兩辭都是表達雨延綿的狀態，「不征雨」帶有未知的心理期望，指「（希望／不希望）降下綿延的雨勢」但「雨不征」則是有帶有命令的期望狀態，如：《合集》32114+《屯南》3673【《合補》10422】（2）：「丁巳，小雨，不征。」表示丁巳日，將會有小雨，且雨勢不要太長；或《合集》12909 正（4）：「壬戌雨不。」、（5）：「癸亥雨不。允雨。」帶有肯定期望的連問壬戌日、癸亥日「雨不要下」，但最終還是下雨了。

　　「雨‧不」的句式，有時也可能可以視為驗辭，如：《合集》11953：「乙亥卜，貞：丁丑其雨，不。」，乙亥日貞問隔兩天的丁丑日是否會下雨，結果是不會下雨。

　　四、弗雨

　　在「弗」與「雨」的組合中，詞項分作：

　　（一）「弗‧雨」

　　卜辭中「弗」後接「雨」、「从雨」、「瀟雨」、「壱雨」等之辭。

例：

著　　錄	編號／【綴合】／（重見）	卜　辭
合集	11982	（2）弗雨。
合集	12691（《蘇德美日》《德》51）+40416（《合補》4103）	（5）岳其从雨。 （6）弗从雨。
合集	20901+20953+20960　部份【《綴續》499】	（1）庚午卜，𢦏，日雨。 （2）庚午卜，𢦏，曰：弗瀟雨。允多□。 （3）吼夕雨
合集	33294	（2）弗壱〔雨〕。

（二）「弗及・雨」

卜辭中「弗及」後接「雨」、「茲夕又大雨」、「今夕雨」、「今某月雨」、「今某月令雨」等之辭。

例：

著　錄	編號／【綴合】／（重見）	卜　辭
合集	9608 正	（3）貞：及今四月雨。 （4）弗其及今四月雨。其……
屯南	4334	（3）又大雨。吉 （4）亡大雨。 （5）及茲夕又大〔雨〕。吉 （6）弗及茲夕又大雨。吉
屯南	1062	（2）丙寅，貞：又于🅰🅱小宰，卯牛一。茲用。不雨。 （8）戊辰〔卜〕，及今夕雨。 （9）弗及今夕雨。
合集	12510	貞：弗其及今二月雨。
合集	14138	（1）戊子卜，殼，貞：帝及四月令雨。 （2）貞：帝弗其及四月令雨。 （3）王固曰：丁雨，不叀辛。旬丁酉允雨。

（三）「弗每・雨」

卜辭中「弗每」後接「又雨」、「不雨」、「不冓雨」等之辭。

例：

著　錄	編號／【綴合】／（重見）	卜　辭
合集	28021	（2）于翌日壬歸，又大雨。 （3）甲子卜，亞戈耳龍，每。啟，其啟。弗每，又雨。
合集	27310	（2）弜以万。茲用。雨。 （5）……至……弗每，不雨。
屯南	2618	（1）丁酉卜，翌日王叀犬臽比，弗每，亡戈，不冓雨。大吉 （2）……以……〔臽〕比……〔不〕冓雨。吉

（四）「弗……雨」

卜辭中「弗」前／後辭例不全，再接「雨」之辭。

例：

著 錄	編號／【綴合】／（重見）	卜 辭
合集	12526	……弗雨。二月。
合集	20946	（1）……弗……□……〔三〕月其雨。 （2）于四月其雨。

（五）「其他」

卜辭中含有「弗」、「雨」之字，而難以於分類上述詞項之辭。

例：

著 錄	編號／【綴合】／（重見）	卜 辭
合集	12862	（1）庚辰卜，夯，貞：希雨，我〔其尋〕。二月。 （2）〔貞〕：希雨，我弗其尋。
合集	38179	（1）弗瀸，□月又大雨。 （2）壬寅卜，貞：今夕征雨。 （3）不征雨。
屯南	0528	（2）弗其兌比，其菁雨。吉
村中南	351+501【《甲拼三》645】	（2）弗步，雨。

詞項一「弗・雨」收的《合補》10353：「……己亥雨，弗遘大□，□永。」，「遘雨」是氣象卜辭中很常見的詞彙，從文例來看，前貞卜「己亥雨」，後弗遘大□的「大□」應當就是「大雨」，因此也將該版收於本詞項中。

詞項二「弗及・雨」多半寫作「弗其及」＋「時間」或「弗及」＋「時間」，《愛米塔什》177（2）：「戊寅卜，妥，弗今夕雨。」雖然不是寫作「弗及」，但從文例來看，「弗」＋「時間」直接讀為「今晚不會下雨」是可以的，其義也與「弗及今夕雨」，讀為「到了今晚不會下雨」是相通的，因為「今夕」之詞已經將時間確定，差別只是是否加上「及」的介詞。因此也將該版收於本詞項中。

詞項三「弗每・雨」所收《屯南》1108一版，恰好可見不同的否定詞：

（1）……日壬……不雨。

（3）〔弜〕戠，雨，往田，弗每。

《屯南》1108

不、弜、弗於同版分見不同辭條，顯然指涉有所不同。

五、亡雨

在「亡」與「雨」的組合中，詞項分作：

（一）「亡‧雨」

卜辭中「亡」後接「雨」、「其雨」、「从雨」、「亡其从雨」、「大雨」、「亡其大雨」等之辭。

例：

著　錄	編號／【綴合】／（重見）	卜　辭
合集	28425	（2）弜，亡雨。
合集	11979	（1）貞：亡其雨。
合集	7387	（3）……虫从雨。 （4）……亡从〔雨〕。
合集	12689	（2）貞：亡其从雨。
合集	29699	（2）甲申亡大雨。
合集	12707	（1）貞：亡其大雨。

（二）「祭祀‧亡雨」

卜辭中「亡‧雨」前接有祭祀詞「燎」、「舞」、「桒」、「夐」、「酚」、「各」或用牲、先公先王、神祇等祭祀對象之辭。

例：

著　錄	編號／【綴合】／（重見）	卜　辭
合集	1137+15674【《甲拼》32、《合補》3799】	（1）貞：弜燎，亡其从雨。 （3）貞：燎，虫从雨。 （4）貞：燎聞，虫从雨。
合集	7690+《存補》（《甲骨續存補編》）4.1.1【《甲拼》140】	（2）貞：舞，虫雨。 （3）貞：舞，亡其雨。
合集	27656+27658【《合補》9515】	（2）弜于示桒，亡〔雨〕。 （3）于伊尹桒，乙大雨。 （4）弜桒于伊尹，亡雨。
合集	41411（《英藏》02366）	（2）弜夐于閔，亡雨。 （3）叀閔夐酚，又雨。 （4）其夐于霽，又大雨。 （5）弜夐，亡雨。 （6）霽眔門虘酚，又雨。
屯南	3760	亡各其雨。

（三）「亡囚‧雨」

卜辭中「亡囚」後接有各類的「雨」之辭。

例：

著　　錄	編號／【綴合】／（重見）	卜　　辭
合集	3756	（1）□□〔卜〕，爭、𡉈，貞：旬亡囚。壬辰雨。 （2）□□〔卜〕，〔爭〕、𡉈，貞：旬亡囚。丁未雨，己酉……
合集	12476+13447+《合補》4759【《契》31】	（2）戊戌卜，㱿，貞：今夕亡囚。之夕雨。

（四）「亡𢦔‧雨」

卜辭中「亡𢦔」後接有各類的「雨」之辭。

例：

著　　錄	編號／【綴合】／（重見）	卜　　辭
合集	28515+《安明》1952+30144【《契》116】	（1）戊辰卜：今日戊，王其田，湄日亡𢦔，不……大吉 （2）弜田，其每，遘大雨。 （3）……湄日亡𢦔，不遘大雨。 （4）其獸，湄日亡𢦔，不遘大雨……吉
合集	28494	（2）王其田，湄日亡𢦔，不雨。大吉
合集	29157	（1）辛亥卜，王其省田，叀宮，不菁雨。 （2）叀盂田省，不菁大雨。 （3）叀宮田省，湄亡𢦔，不菁大雨。

（五）「亡艱／亡勹‧雨」

卜辭中「亡艱」或「亡勹」後接「征雨」、「𤰃雨」或前接「疾雨」、「雨不正」等之辭。

例：

著　　錄	編號／【綴合】／（重見）	卜　　辭
合集	22274	（1）又兄丁二牢，不雨。用，征。 （8）貞：王亡茣𢆷征雨。
合集	12865（《旅順》1525）	（2）……亡來囏（艱），卜（外）□〔有〕希，𤰃雨。
合集	12672 正乙	□𡧄，雨疾亡□。
合集	12900	……疾雨，亡勹。

| 合集 | 24933（《合補》7250） | （1）庚辰卜，大，貞：雨不正辰，不隹年。
（4）貞：雨不正辰，亡勻。 |

（六）「其他」

卜辭中見有「亡」、「雨」之詞，或因辭例不全、辭義難解等辭。

例：

著　錄	編號／【綴合】／（重見）	卜　辭
合集	13002	乙未卜，龍亡其雨。
合集	24762+26156【《甲拼》92】	（1）戊申卜，出，貞：今日益，亡吝。雨。 （2）……益……雨。 （3）……雨……
合集	24805	（3）辛未卜，行，貞：今夕不雨。才十二月。 （4）……亡……雨。
合集	24904	（1）辛卯〔卜〕，□，貞：亡……于翌壬〔辰〕适雨。
合集	30182	（1）貞……亡……雨。吉

　　詞項一「亡‧雨」中所收錄《合補》3625（2）：「……貞：〔今〕夕亡□雨。」，雖「亡」之字不清，但從辭例推測，應是描述雨之狀態，完整辭例可能為「今夕亡大雨」。

　　詞項三「亡囚‧雨」中所收錄《合集》40285（2）：「丁亥〔卜〕，今夕〔其〕雨，亡□。」，雖「亡」後缺字，但從辭例推測，與時間段「旬」、「今夕」等語組合的氣象卜辭，其後多接「亡囚」，因此將本條收錄其中。

　　詞項四「亡戈‧雨」的辭例大多都與「湄日」相連，組成「湄日亡戈」＋「雨」的套語，因此《合集》30157：「貞：叀湄日亡□雨。」所缺之字，應當為「戈」。而《英藏》2302：「王其田狄，湄日亡不雨。」辭中的「亡不雨」於文例不通，本辭或當作「湄日亡戈，不雨」。

　　詞項五「亡艱／亡勻‧雨」，為節省版面，將「亡艱‧雨」、「亡勻‧雨」合併做一項，而「亡勻‧雨」收錄兩條卜辭，分別是：《合集》12900：「……疾雨，亡勻。」以及《合集》12672 正乙：「□閉，雨疾亡□。」12672 正乙中的「亡」後缺字，實難判斷為何語，僅從與 12900 版相類的「雨疾亡勻」一詞，推測「雨疾亡□」的□字，可能為「勻」，因此一併收於本項。

　　詞項六「其他」收錄《合集》13002：「乙未卜，龍亡其雨。」龍在甲骨文中可作方國名、人名、地名、水名。從行款來看，字體刻寫整齊，應無漏刻，「龍亡其雨」可讀為「在龍地，沒有下雨。」。

《合集》13002

　　詞項六「其他」所收的《合集》24762+26156【《甲拼》92】（1）：「戊申卜，出，貞：今日益，亡吝。雨。」其中兩個關鍵字不好通讀，分別是「益」字，以及《甲拼》釋為「吝」的「𡂡」字。「益」象水器溢滿之形，或有學者認為此字可併入「血」字，但姚孝遂認為：「『益』與『血』形義有皆別，不得混同。」〔註84〕「𡂡」字《甲拼》釋為「吝」，然從拓本「▉」已難見刻劃，又雨字離的較遠，雨字左側應當還有其他字，因此本條在通讀上還有很多問題無法解決。

〔註84〕于省吾主編、姚孝遂按語編撰：《甲骨文字詁林》，頁 2639。

《合集》24762+26156【《甲拼》92】拓本

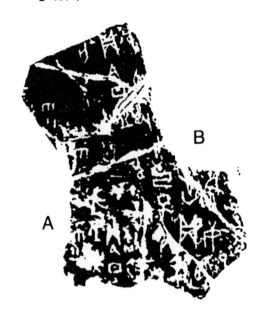

《合集》24762+26156【《甲拼》92】摹本

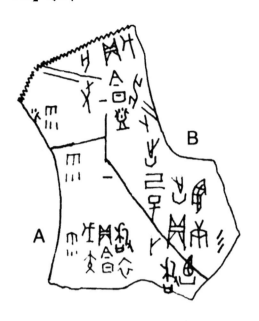

六、正雨

在「正」與「雨」的組合中，詞項分作：

（一）「正雨」

卜辭中含有「正雨」之辭。

例：

著　　錄	編號／【綴合】／（重見）	卜　　辭
合集	10136 正	（3）己亥卜，爭，貞：才始田，出正雨。
合集	40450+《前》4.40.1+《前》4.49.6+《前》2.1.3【《合補》2221】	（4）己酉卜，黍年出正雨。

（二）「雨不正」

卜辭中含有「雨不正」之辭。

例：

著　　錄	編號／【綴合】／（重見）	卜　　辭
合集	24933（《合補》7250）	（1）庚辰卜，大，貞：雨不正辰，不隹年。 （4）貞：雨不正辰，亡匄。
合補	7245（《東大》651）	庚辰卜，大，貞：雨不正，辰不隹……

（三）「正……雨」

「正」後有其他描述，再接「雨」之辭；或「正」前辭例不全，其後再接雨之辭。

例：

著　錄	編號／【綴合】／（重見）	卜　辭
合集	30032	（1）重庚申桒，又正，又大雨。 （2）重各桒，又正，又大雨。大吉 （3）重妙桒，又大雨。吉 （4）重商桒，又正，又大雨。
合補	3868（《懷特》234）	……敻……虫正雨。

（四）「雨・正年」

「雨」後接「正年」之辭。

例：

著　錄	編號／【綴合】／（重見）	卜　辭
合集	10099+14141【《甲拼》152】	（2）帝令雨，正〔年〕。
合集	10139	（2）貞：帝令雨弗其正年。 （3）帝令雨，正年。

七、壱雨

在「壱」與「雨」的組合中，詞項分作：

（一）「壱雨」

卜辭中含有「壱雨」之辭。

例：

著　錄	編號／【綴合】／（重見）	卜　辭
合集	12844	（2）貞：壱雨。
合集	14619	貞：不隹河壱雨。

（二）「壱雨（習刻）」

卜辭中含有「壱雨」一詞，但為習刻之辭。

例：

著　錄	編號／【綴合】／（重見）	卜　辭
合集	18910 正	（5）丁雨。 （12）雨壱禾。

（三）「雨……壱」

卜辭中「雨」之後有其他描述，再接「壱」之辭。

例：

著　錄	編號／【綴合】／（重見）	卜　辭
合集	12895	（1）己未卜，宁，貞：蔑雨隹〔出〕壱。

八、求・雨

在「求」與「雨」的組合中，詞項分作：

（一）「求雨」

卜辭中含「求雨」之辭，其後可接雨之狀態，如：「求雨小」。

例：

著　錄	編號／【綴合】／（重見）	卜　辭
合集	12868	癸巳卜，宁，貞：求雨小。
合集	13515（《乙》8935）+《史購》46 正【張宇衛：〈賓組甲骨綴合十八則〉】〔註85〕	（1）甲子卜，貞：盍牧［再？］冊，單（？）乎取出屯？ （2）己酉卜，貞：勹郭于丁，不？二月。 （3）癸丑卜，賓貞：于雀郭？ （4）癸丑卜，賓貞：勹郭于丁？ （5）貞：于丁一宰二 （6）……壴弗![圖]〔註86〕，出禍？五月。一 （7）貞：尋求雨于……一 （8）□卯卜，賓貞：出于祖……

（二）「求雨・勹……」

「求雨」後接「勹」之辭。

例：

〔註85〕張宇衛：〈賓組甲骨綴合十八則〉，《東華漢學》第 16 期（花蓮：東華大學中國語文學系、華文文學系，2012 年 12 月），頁 1～30。

〔註86〕此字陳劍釋作「遭」，可從。參氏著，〈釋造〉，《甲骨金文考釋論集》（北京：線裝書局，2007），頁 127～176。

著　錄	編號／【綴合】／（重見）	卜　辭
合集	《合集》12863+《甲》2972+《甲》2962 正+《合集》2827 正+《甲骨文集》4.0.0012【《醉》332】、【《綴彙》483】	（1）丁未卜，爭，貞：求雨，匄于河。十三月。 （2）貞：于岳求雨匄。
合集	12866	□申卜，宁，貞：求雨，匄……

（三）「祭名・求雨／求雨・祭名」

「祭名」後接「求雨」，或「求雨」後接「祭名」之辭。

例：

著　錄	編號／【綴合】／（重見）	卜　辭
合集	16037（《旅順》53）+《英藏》1149【《甲拼續》421】	（5）求雨河。
合集	28266	□□卜，其桼年于示求，又大〔雨〕。大吉
合集	30419（《合集》34226）	（2）于岳求，又大雨。

（四）「求雨・于・方位」

「求雨」後接「于」，再接「方位」之辭。

例：

著　錄	編號／【綴合】／（重見）	卜　辭
合集	12867	甲子卜，宁，貞：求雨□于……
合集	30175	（1）癸巳其求雨于東。 （2）于南方求雨。

（五）「求雨・宜」

卜辭中含「求雨我」之辭。

例：

著　錄	編號／【綴合】／（重見）	卜　辭
合集	557	(13) 甲子卜，宁，貞：汎求雨于娥。 (14)……雨〔于〕娥。
合集	12864（《旅順》417）	（1）甲子卜，宁，貞：于岳求雨娥。二月。〔註87〕
合集	14521	（2）貞：求雨我，于岳。

〔註87〕卜辭據《旅順》補「二月」二字。

（六）「有求（咎）……雨」

「有求（咎）」後辭例不完整，或有其他描述，再接「雨」之辭。

例：

著　錄	編號／【綴合】／（重見）	卜　辭
合集	11498 正	（3）丙申卜，殻，貞：〔來〕乙巳酚下乙。王固曰：酚，隹出求，其出異。乙巳明雨，伐既，雨，咸伐，亦雨，攺鳥，晴。
合集	12865（《旅順》1525）	（2）……亡來艱（艱），卜（外）囗（〔有〕）求，虫雨。〔註88〕
合集	16910 反	（1）王固曰：出求。丙其雨。

詞項一「求雨」之詞其後可接雨之狀態，如：「求雨小」。而《合集》40908（9）：「雨求」一辭，應為同「求雨」，故收雨此詞項。

詞項二「求雨‧匄……」之「匄」為「丐」之古體，有「乞求」、「給予」兩義，「求雨匄」即為祈求鬼神賜給雨水之義。〔註89〕

詞項四「求雨‧于‧方位」的詞例有部分幾條卜辭無法確定，因在甲骨氣象卜辭中，描述天氣現象發生在何方，或從何方而來，多半用「自」連接方位詞，如：

（1）癸酉卜，王〔貞〕：旬。四日丙子雨自北。丁雨，二日陰，庚辰……一月。

（2）癸巳卜，王，旬。四日丙申晨雨自東，小采既，丁酉少，至東雨，允。二月。

（3）癸丑卜，王，貞：旬。八庚申宿，允雨自西，小〔采〕既，〔夕〕……五月。

《合集》20966

（1）癸未卜，貞：旬。甲申人定雨……雨……十二月。

（4）癸卯貞，旬。囗大〔風〕自北。

（5）癸丑卜，貞：旬。甲寅大食雨自北。乙卯小食大啟。丙辰中日大雨自南。

〔註88〕釋文據《旅順》。

〔註89〕參見裘錫圭：〈釋「求」〉，《裘錫圭學術文集‧甲骨文卷》，頁281～282。

（6）癸亥卜，貞：旬。一月。昃雨自東。九日辛丑大采，各云自北，雷征，大風自西刜云，率〔雨〕，毋蕭日……一月。

（8）癸巳卜，貞：旬。之日巳，羌女老，征雨小。二月。

（9）……大采日，各云自北，雷，風，茲雨不征，隹娩……

（10）癸亥卜，貞：旬。乙丑夕雨，丁卯明雨……采日雨。〔風〕。己明啟。三月。

《合集》21021 部份+21316+21321+21016【《綴彙》776】

九日辛亥旦大雨自東，小……〔虹〕西。

《合集》21025

（1）癸卯卜，今日雨。

（2）其自東來雨。

（3）其自西來雨。

（4）其自北來雨。

《合集》12870 甲

其自南來雨。

《合集》12870 乙

以「自」連接方位詞的氣象卜辭甚多，其種類也包含雨、風、雷、雲、虹……等。而以「于」連接方位詞的氣象卜辭則甚少，幾乎只見於下列之版次：

（2）九月甲寅酙，不雨。乙巳夕㞢異于西。

《合集》11497 反

（1）□□〔卜〕，爭，貞翌乙卯其宜，易日。乙卯宜，允易日。昃陰，于西。六〔月〕。

《合集》13312（下部重見《合集》15162）

……庚吉，其㞢異，虹于西……

《合集》13444

（1）□□卜，其妍，桒雨于南……眔……亡雨。大吉　用

《合集》30459

（2）癸亥卜，于南甹風，豖一。

（3）〔癸〕亥卜，〔于〕北巫〔風，豕〕一。

《合集》34139

甲骨氣象卜辭中使用「于」字連接的最多為干支，其作用多為指干支的那一天發生什麼天氣現象，另也有指干支的那一天要進行的祭祀，如：

（3）貞：自今至于庚戌不其雨。

《合集》5111

（8）辛酉卜，殼，貞：自今至于乙丑其雨。壬戌雨，乙丑陰，不雨。

（9）辛酉卜，殼，自今至于乙丑不雨。

《合集》6943

（2）庚午卜，爭，貞：自今至于己卯雨。

《合集》10516

于己又大雨。大吉

《合集》30035

……至于壬又大雨。

《合集》30049

（2）于丁亥柔戚，不雨。

《合集》31036

（4）于己亥雨。

（5）于戊戌雨。

（6）乙未卜，于丁酉雨。

《合集》34159

（1）……于丙焱，雨。

（2）……于壬焱，雨。

《合集》34492

甲骨氣象卜辭中使用「于」字連接次多的為祭名，其中祭名其中包含祭祀名稱、祭祀動詞與祭祀對象，如：

（1）勻雨于岳。

《合集》9607 反

（1）□午卜，方帝三豕出犬，卯于土宰，秦雨。三月。

（2）庚午卜，秦雨于岳。

《合集》12855（《合補》3487）

（2）弜于示秦，亡〔雨〕。

（3）于伊尹秦，乙大雨。

（4）弜秦于伊尹，亡雨。

《合集》27656+27658（《合補》9518）

（37）秦雨于上甲宰。

《合集》672+《故宮》74177（《合補》100 正）

（1）于河炆，雨。

《合集》30790+《安明》1834（《合補》9554）

（2）賣于云，雨。

《屯南》770

（1）丁亥卜，其秦年于大示，即日，此又雨。吉

《屯南》2359

甲骨氣象卜辭中使用「于」字時，較少連接地名、時間段等辭，如：

（2）□□〔卜〕，亘，貞：翌丁亥易日。丙戌雨……亥宜于磬〔京〕。

《合集》7370

（2）貞：往于夒，出从雨。

《合集》14375

（2）其出，雨，于喪。

《合集》29076

（2）于楚，又雨。

（3）于盂，又雨。

《合集》29984+《合補》9429【《甲拼》232】

于旦王迺⋯⋯每，不雨。

《合集》29780

（2）旦至于昏不雨。大吉

《合集》29781（《合集》29272）

綜觀甲骨卜辭作為與方位詞連接的于字，除干支、祭名與地名以外，較為特別的是，也有部分使用在田獵卜辭，如：

　　⋯⋯逐于東。

《合集》10909

　　橄〔于〕東出鹿

《合集》10910 正

（1）辛亥〔卜〕，王往田，于□南毕。

（2）于南毕。

《合集》28595

　　于南田，亡戈，毕。

《合集》29413

（2）癸亥，貞王令多尹堅田于西，受禾。

《合集》33209

（2）其网，于東方叙，毕。

（3）于北方叙，毕。

《屯南》2170

　　綜合以上卜辭中使用「于」的文例可見，雖在甲骨卜辭中，尤其氣象卜辭中，指稱方位時的連接詞多半使用「自」，而少用「于」，會有這樣的原因可能是占問天氣之事，以自身所在位置為本，將到來的天氣現象是由外部往占卜者的位置而來，因此多會用「自」何處而來，反之若占問他處的天氣現象，才使用「于」，如前所引之例，可分為他處之天氣有異或天氣變化，以及往某方求雨、求風靜止兩類。因此在「求雨・于・方位」詞項中收錄的四版，較為明確指出方向的是《合集》30175 兩辭可見「于東」、「于南方」，同文例可參照的是《合集》30176 這版的兩辭，在「于」之後應當也是方位。而較難確定的是《合集》

12867：「甲子卜，𡧊，貞：求雨□于……」與《合集》33953：「其求雨于……」
這兩條卜辭，于字之後未見，作為「求雨」之例，其後可接祭名如：「王求雨于
土」或方位如：「求雨于東」，可參見同樣為求雨的辭例：

（1）甲子卜，其燎雨于東方。

（2）于丁卯酚南方。

（3）庚午卜，其燎雨于山。

《合集》30173

第一辭在甲子日貞卜，是否以燎祭向東方求雨？第二辭則在三日後的丁卯日貞
問，是否以酚祭向南方求雨？第三辭則又在三日後的庚午貞問，是否以燎祭向
山神求雨？雖第二辭未見雨，但從本版的釋讀來推論，應當也是詢問求雨之事，
只是省略部分語詞。而《合集》12867與《合集》33953這兩條卜辭無法確定是
否接方位詞，置於本詞項為權宜之計。

　　詞項三「祭名・求雨／求雨・祭名」，祭名其中包含祭祀名稱、祭祀動詞與
祭祀對象，於本項中的祭名多與「于」連用，或在前、在後，如：「于岳求」、「求
雨于土」。

　　詞項五「求雨・宜」當是指求雨水得宜之義，裘錫圭認為這可以說是一種
宜祭。其中所收《合集》557作「求雨于娥」、「雨于娥」；《合集》12651作「其
求我于……〔河〕虫雨。」「宜」字通「義」字，「義」、「娥」皆從「我」聲，
因此也可讀為「宜」，〔註90〕因此「求雨娥」、「求雨于娥」、「求我于」等詞也一
併收入「求雨・宜」詞項中。

　　詞項六「有求（咎）……雨」是「求」與「雨」的組合中，唯一將「求」
讀為「咎」之分類，咎，災也，有咎即為有災事。

九、雨──吉

在「雨」與「吉」的組合中，詞項分作：

（一）「雨──吉」

在卜雨之辭後含有吉凶判語「吉」之辭。

例：

〔註90〕參見裘錫圭：〈釋「求」〉，《裘錫圭學術文集・甲骨文卷》，頁278～279。

著　錄	編號／【綴合】／（重見）	卜　辭
合集	27000	（1）王其各于大乙𢆶伐，不冓雨。 （2）不雨。吉　茲用
合集	28255	其桒年于岳，茲又大雨。吉

（二）「雨──大吉」

在卜雨之辭後含有吉凶判語「大吉」之辭。

例：

著　錄	編號／【綴合】／（重見）	卜　辭
合集	29272（《合集》29781）	（2）旦至于昏不雨。大吉
合集	29892	（1）翌日辛〔亥〕其雨。吉 （2）不〔雨〕。吉　大吉

（三）「雨──引吉」

在卜雨之辭後含有吉凶判語「引吉」之辭。

例：

著　錄	編號／【綴合】／（重見）	卜　辭
合集	29854	（2）不雨。引吉 （3）其雨。吉
合集	29899	（2）壬雨，癸雨，甲𢌰改。引吉

（四）「雨──不吉」

在卜雨之辭後含有吉凶判語「不吉」之辭。

例：

著　錄	編號／【綴合】／（重見）	卜　辭
合集	559 反	（1）王固曰：丙戌其雨，不吉。
合集	40427（《英藏》1251 反）	王固曰：业希，壬其雨，不吉。

（五）「雨──□吉」

在卜雨之辭後含有吉凶判語「吉」，但「吉」字前有缺文，無法判斷是「大吉」、「引吉」或「不吉」之辭。

例：

著　錄	編號／【綴合】／（重見）	卜　辭
合集	974 反	（2）王固曰：勿雨，隹其凡。 （7）王固曰：隹乙，其隹〔雨〕，□吉。
合集	18903	貞：翌丙，今日亡其从雨。□吉。

十、令雨

（一）「帝・令雨」

「帝」後接「令雨」、「不令雨」、「其令雨」、「不其令雨」、「令多雨」、「不其令多雨」、「允令雨」等之辭。

例：

著　錄	編號／【綴合】／（重見）	卜　辭
合集	5658 正	（10）丙寅卜，爭，貞：今十一月帝令雨。 （11）貞：今十一月帝不其令雨。 （14）不征雨。
合集	14146+《乙》2772【《醉》252】	貞：翌庚寅，帝不令雨。
合集	14151	（1）自今至庚寅帝其令雨。
合集	14129 反+《合補》3399 反+《乙補》4951【《醉》169】	（5）貞：帝不其令雨。
合集	14140 正	……十一月……帝令多雨。
合集	10976 正	（7）辛未卜，爭，貞：生八月帝令多雨。 （8）貞：生八月帝不其令多雨。 （12）丁酉雨至于甲寅旬㞢八日。〔九〕月。
合集	14153 反乙	（2）己巳帝允令雨至于庚。

（二）「帝……雨」

「帝」後，或「帝」前有其他描述，再接「雨」之辭。

例：

著　錄	編號／【綴合】／（重見）	卜　辭
合集	11921 正	庚戌〔卜〕，爭，貞：不其雨。〔帝〕異……
合集	30298	（1）于帝臣，又雨。 （2）于岳宗酌，又雨。 （3）于夒宗酌，又雨。
合集	30391	（2）王又歲于帝五臣，正，隹亡雨。 （3）……羍，又于帝五臣，又大雨。

（三）「令雨」

卜辭中含有「令雨」之辭。

例：

著　　錄	編號／【綴合】／（重見）	卜　　辭
合集	14638 正	（1）貞：翌甲戌河其令〔雨〕。 （2）貞：翌甲戌河不令雨。
合集	14638 反	王固曰：河其令〔雨〕……庚吉。

（四）「……令雨」

卜辭中含有「令雨」之辭，且「令雨」一詞前有殘辭未見；或「令」之後有其他描述，再接「雨」之辭。

例：

著　　錄	編號／【綴合】／（重見）	卜　　辭
合集	17840 反	……令雨。
合集	21017	〔丙〕申卜，令肉伐，雨，𤔲，不風。允不。六月。
合集	32048	（2）癸亥卜，令𡧊𡧊比沚戈曾𢼸𠚑土，雨，奠名俩。

玖、一日之內的雨

一、夙——雨

在「夙」與「雨」的組合中，詞項分作：

（一）「夙‧雨」

「夙」後接「雨」、「求雨」、「不雨」、「不遘大雨」、「湄日不雨」等辭。

例：

著　　錄	編號／【綴合】／（重見）	卜　　辭
合集	27951	〔重〕先馬，其夙雨。
合集	557	（13）甲子卜，宁，貞：夙希雨于娥。 （14）……雨〔于〕娥。
合集	27950	（1）貞：夙不雨。 （2）貞：馬弜先，其遘雨。
合集	28547+28973【《甲拼》224】	（2）不遘小雨。 （3）翌日壬王□省喪田，杋不遘大雨。 （4）其暮不遘大雨。
合集	28569	（1）王其田，夙湄日不〔雨〕。吉 （2）中日往□，不雨。吉　大吉

（二）「王其‧夙‧雨」

「王其」後接「其夙田」、「其田夙」，再接「不冓雨」之辭。

例：

著　錄	編號／【綴合】／（重見）	卜　辭
合集	41568	〔王〕其田扭，不菁雨。
屯南	2358	（1）丁酉卜，王其扭田，不菁雨。大吉。茲允不雨。 （2）弜扭田，其菁雨。 （3）其雨，王不雨🐦。吉 （4）其雨🐦。吉 （8）辛多雨。 （9）不多雨。 （10）壬多雨。 （11）不多雨。 （12）翌日壬雨。 （13）不雨。

（三）「夗……雨」

「夗」後辭例不全，再接「雨」之辭。

例：

著　錄	編號／【綴合】／（重見）	卜　辭
合集	24869	（1）……自扭……迺雨。 （2）……多雨。
合集	28737	（2）……王其……凡田，夗……□雨。

（四）「夗入・雨」

「夗入」後接「不雨」之辭。

例：

著　錄	編號／【綴合】／（重見）	卜　辭
合集	27772+33514+33528【《甲拼三》634】	（4）王其田，湄日不雨。 （5）其雨。 （6）王其□入，不雨。 （7）扭入，不雨。

（五）「夗・往／夗・步」

「夗・往」或「夗・步」，後接「不雨」、「不菁雨」等辭。

例：

著　　錄	編號／【綴合】／（重見）	卜　　辭
合集	27780	（1）□𢧶往，不雨。 （2）……不雨。
屯南	3270	（2）……𢧶〔步〕……〔不〕菁雨。

　　詞項六、「夗・往／夗・步」，卜辭中「往」、「步」，兩者皆有「前往」、「出發」之義，因此合為一項。

　　二、旦──雨

　　在「旦」與「雨」的組合中，詞項分作：

　　（一）「旦・雨」

　　「旦」後接「雨」、「不雨」、「大雨」等之辭。

　例：

著　　錄	編號／【綴合】／（重見）	卜　　辭
合集	29782	乙旦雨。
合集	29779	（1）旦不雨。 （2）其雨。
合集	21025	九日辛亥旦大雨自東，小……〔虹〕西。

　　（二）「旦……雨」

　　「旦」後辭例不全，再與「不雨」、「大雨」相連之辭。

　例：

著　　錄	編號／【綴合】／（重見）	卜　　辭
合集	29780	于旦王迺……每，不雨。
合集	41308（《英藏》2336）	（1）于翌日旦……大雨。 （2）祉伐又大雨。

　　（三）「旦……時間段・雨」

　　「旦」至某段時間，再接「其雨」、「不雨」之辭。

　例：

著　　錄	編號／【綴合】／（重見）	卜　　辭
合集	29272（《合集》29781）	（2）旦至于昏不雨。大吉
屯南	0042	（1）弜田，其菁大雨。 （2）自旦至食日不雨。

		（3）食日至中日不雨。
		（4）中日至昃不雨。
屯南	0624	（1）辛亥卜，翌日壬旦至食日不〔雨〕。大吉
		（2）壬旦至食日其雨。吉
		（3）食日至中日不雨。吉
		（4）食日至中日其雨。
		（5）中日至䇂兮不雨。吉
		（6）中日至䇂〔兮其雨〕。

三、明──雨

在「明」與「雨」的組合中，詞項分作：

（一）「明雨」：

「明」、「雨」直接相連之辭。

例：

著　錄	編號／【綴合】／（重見）	卜　辭
合集	6037 反	（1）翌庚其明雨。
		（2）不其明雨。
		（3）〔王〕固曰：易日，其明雨，不其夕〔雨〕小。
		（4）王固曰：其雨。乙丑夕雨小，丙寅喪，雨多， 　　丁……
合集	11497 正	（3）丙申卜，殼，貞：來乙巳酚下乙。王固曰：酚， 　　隹虫希，其虫異。乙巳酚，明雨，伐既，雨， 　　咸伐，亦雨，攺卯鳥，晴。

（二）「明・天氣現象・雨／雨・明・天氣現象」

「明」後接「天氣現象」，再接「雨」之辭；或「雨」後接「明」，再接「天氣現象」之辭。

例：

著　錄	編號／【綴合】／（重見）	卜　辭
合集	6037 正	（1）貞：翌庚申我伐，易日。庚申明陰，王來金首， 　　雨小。
		（3）……雨。
		（4）翌乙〔丑〕不其雨。
合集	11506 反	（1）王固曰：之日弜雨。乙卯允明陰，气卤（阱）， 　　食日大晴。

（三）「雨・時間段・明」

「雨」後接「時間段」，再接「明」之辭。

例：

著　　錄	編號／【綴合】／（重見）	卜　　辭
合集	16131 反	（1）王固曰：其夕雨，夙明。 （3）王固曰：癸其雨。三日癸丑允雨。

　　詞項三「雨・時間段・明」之辭例僅一見，為《合集》16131 反（1）：「王固曰：其夕雨，夙明。」這條卜辭前半部可解讀為「王見兆文後謂晚間是否會下雨」，後半兩字「夙明」，已知夙為清晨的時間段，而明若也理解為時間段，指日出月沒之時，則此句便不好通讀，而左側位置已有鑽鑿痕跡，不似有字，否則此條作「王固曰：其夕雨，夙明……」反倒可解釋為「清晨、日出之時……」而本版的（3）辭作：「王固曰：癸其雨。三日癸丑允雨。」如將兩辭並看，（1）辭或能理解為：「晚間是否會下雨，清晨時，將轉晴朗。」《說文》謂：「明，照也。」此處之明當可理解為明朗、晴朗之意。

《合集》16131 反

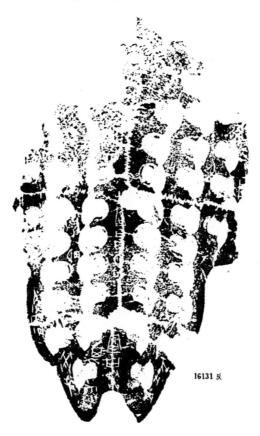

16131 反

四、朝──雨

在「朝」與「雨」的組合中，詞項分作：

（一）「朝‧雨」：

「朝」後接「又雨」之辭。

例：

著　　錄	編號／【綴合】／（重見）	卜　　辭
合集	29092	（1）丙寅卜，狄，貞：盂田，其遘椒，朝又雨。

五、大采──雨

在「大采」與「雨」的組合中，詞項分作：

（一）「大采雨」：

「大采」、「雨」直接相連之辭。

例：

著　　錄	編號／【綴合】／（重見）	卜　　辭
合集	12425+《珠》00766（《合補》3770）	（1）不其雨。 （2）貞：翌庚辰其雨。 （3）貞：翌庚辰不雨。庚辰陰，大采雨。
合集	20901+20953+20960 部份（《乙》34）【《綴續》499】	（2）……北雨，允雨。 （3）……雨……吼，夕雨。壬允雨。 （4）丙午卜，今日其雨，大采雨自北，征枫，小雨。

（二）「大采……雨」：

「大采」之後有其他天氣現象，再與「雨」相連之辭。

例：

著　　錄	編號／【綴合】／（重見）	卜　　辭
合集	13377+18792+18795+《合補》2294【《甲拼續》458】、【《綴彙》335】	（1）癸……旬亡〔囚〕……屮七日龛己卯〔大〕采日大夏風，雨臺伐。五月。
合集	21021　　　部　　份+21316+21321+21016【《綴彙》776】	（1）癸未卜，貞：旬。甲申人定雨……雨……十二月。 （4）癸卯貞，旬。□大〔風〕自北。

		（5）癸丑卜，貞：旬。甲寅大食雨自北。乙卯小食大啟。丙辰中日大雨自南。
		（6）癸亥卜，貞：旬。一月。昃雨自東。九日辛丑大采，各云自北，雷征，大風自西刮云，率〔雨〕，母雟日……一月。
		（8）癸巳卜，貞：旬。之日巳，羌女老，征雨小。二月。
		（9）……大采日，各云自北，雷，風，茲雨不征，隹婇……
		（10）癸亥卜，貞：旬。乙丑夕雨，丁卯明雨……采日雨。〔風〕。己明啟。三月。

六、大食——雨

在「大食」與「雨」的組合中，詞項分作：

（一）「大食雨」：

「大食」、「雨」直接相連之辭。

例：

著　　錄	編號／【綴合】／（重見）	卜　　辭
合集	20961	（1）丙戌卜，雨今夕不。 （2）丙戌卜，三日雨。丁亥隹大食雨？
合集	21021 部份+21316+21321+21016【《綴彙》776】	（1）癸未卜，貞：旬。甲申人定雨……雨……十二月。 （4）癸卯貞，旬。□大〔風〕自北。 （5）癸丑卜，貞：旬。甲寅大食雨自北。乙卯小食大啟。丙辰中日大雨自南。 （6）癸亥卜，貞：旬。一月。昃雨自東。九日辛丑大采，各云自北，雷征，大風自西刮云，率〔雨〕，母雟日……一月。 （8）癸巳卜，貞：旬。之日巳，羌女老，征雨小。二月。 （9）……大采日，各云自北，雷，風，茲雨不征，隹婇…… （10）癸亥卜，貞：旬。乙丑夕雨，丁卯明雨……采日雨。〔風〕。己明啟。三月。

（二）「食・雨」

「食」後接「其雨」、「不雨」、「允雨」等之辭。

例：

著　錄	編號／【綴合】／（重見）	卜　辭
合集	29776	（1）旦不〔雨〕。 （2）食不雨。
合集	29924+天理 116【契 166】	（1）食□其雨。 （2）中日不雨。 （3）中日□雨。

（三）「食日・雨」

「食日」後接「其雨」、「不雨」等之辭。

例：

著　錄	編號／【綴合】／（重見）	卜　辭
合集	29785	（1）食日不雨。
屯南	0042	（1）弜田，其冓大雨。 （2）自旦至食日不雨。 （3）食日至中日不雨。 （4）中日至昃不雨。

（四）「食・允雨」

「食」後接「允雨」之辭。

例：

著　錄	編號／【綴合】／（重見）	卜　辭
合集	20956	（2）壬午，食，允雨。

　　詞項四「食・允雨」，早期釋文作「壬午食人，雨。」然參照拓片，與綴合成果比對，「人」字應為「允」字，因此本條卜辭當釋為：「壬午食，允雨」，即在壬午日，食（大食）這個時段下雨。〔註91〕

〔註91〕參見李宗焜：〈卜辭所見一日內時稱考〉，《中國文字》新 18 期，（台北：藝文印書館，1994 年），頁 199～200。

【《合集》20537（《乙》349）+《乙補》8 宋雅萍綴合】+【《合集》20771
（《乙》350）+《合集》20908（《乙》402）彭裕商綴合】〔註92〕

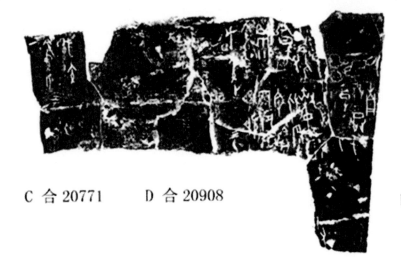

A 合 20537

C 合 20771　　D 合 20908

B 乙補 8

七、中日——雨

在「中日」與「雨」的組合中，詞項分作：

（一）「中日‧雨」：

「中日」後接「雨」、「其雨」、「不雨」、「大雨」、「允雨」等之辭。

例：

著　錄	編號／【綴合】／（重見）	卜　辭
合集	29787+29799（《合補》9553 部份、《中科院》1613）	（1）翌日壬王其田，雨。 （2）不雨。 （3）中日雨。 （4）韋兮雨。
合集	29790	中日其雨。
合集	11775	□戌卜，□，貞：中日不雨。
合集	21021　部　份 +21316+21321+21016 【《綴彙》776】	（1）癸未卜，貞：旬。甲申人定雨……雨……十二月。 （4）癸卯貞，旬。□大〔風〕自北。 （5）癸丑卜，貞：旬。甲寅大食雨自北。乙卯小食大啟。丙辰中日大雨自南。 （6）癸亥卜，貞：旬。一月。昃雨自東。九日辛丑大采，各云自北，雷征，大風自西剌云，率〔雨〕，母譱日……一月。

〔註92〕 蔣玉斌：〈甲骨新綴 35 組〉，第 33 則，中國社會科學院歷史研究所先秦史研究室
網站，2012 年 2 月 22 日 http://www.xianqin.org/blog/archives/2576.html

		（8）癸巳卜，貞：旬。之日巳，羌女老，征雨小。二月。
		（9）……大采日，各云自北，雷，風，茲雨不征，佳姝……
		（10）癸亥卜，貞：旬。乙丑夕雨，丁卯明雨……采日雨。〔風〕。己明啟。三月。
合集	20908	（1）戊寅卜，陰，其雨今日☗〔註93〕。〔中〕日允〔雨〕。
		（2）乙卯卜，丙辰□余〔食〕妣丙，☗，中日雨。三月。

（二）「中日……雨」

「中日」之後有其他天氣現象，或其他描述，再與「雨」相連之辭。

例：

著　　錄	編號／【綴合】／（重見）	卜　　辭
合集	13216 反	（1）□未……雨，中日攸……酧□既陟……盧雷。 （2）□〔夕〕其雨。
合集	21302	（5）庚寅雨，中日既。

（三）「日中‧雨」

「日中」後接「不雨」、「大雨」等之辭。

例：

著　　錄	編號／【綴合】／（重見）	卜　　辭
合集	29788	（1）鼐，于日中迺往，不雨。 （2）……〔雨〕。
合集	29789	（1）叀日中又大雨。 （2）其雨。

（四）「日中……雨」

「日中」之後辭例不全，再與「雨」相連之辭。

例：

著　　錄	編號／【綴合】／（重見）	卜　　辭
合集	13036	（2）貞：日中……于……雨。

〔註93〕「☗」字《甲骨文校釋總集》摹作「☗」，陳年福摹作「☗」，釋為「羞」，「羞中日」指接近正午之時。參見陳年福：《甲骨文詞義論稿》（上海：上海古籍出版社，2007年），頁55。

（五）「時間段……中日・雨」：

某段時間至「中日」，或「中日」至某段時間，再接「雨」之辭。

例：

著　錄	編號／【綴合】／（重見）	卜　辭
屯南	0042	（1）弜田，其菁大雨。 （2）自旦至食日不雨。 （3）食日至中日不雨。 （4）中日至昃不雨。
屯南	0624	（1）辛亥卜，翌日壬旦至食日不〔雨〕。大吉 （2）壬旦至食日其雨。吉 （3）食日至中日不雨。吉 （4）食日至中日其雨。 （5）中日至鞏兮不雨。吉 （6）中日至鞏〔兮其雨〕。

八、昃——雨

在「昃」與「雨」的組合中，詞項分作：

（一）「昃雨」：

「昃」、「雨」直接相連之辭。

例：

著　錄	編號／【綴合】／（重見）	卜　辭
合集	20966	（1）癸酉卜，王〔貞〕：旬。四日丙子雨自北。丁雨，二日陰，庚辰……一月。 （2）癸巳卜，王，旬。四日丙申昃雨自東，小采既，丁酉少，至東雨，允。二月。 （3）癸丑卜，王，貞：旬。八庚申寏，允雨自西，小〔采〕既，〔夕〕……五月。 （7）□□〔卜〕，王……告……比……〔雨〕……小。
合集	33918	（2）□□卜，貞：昃又㞢雨。

（二）「時間段……昃・雨」：

某段時間至「昃」，或「昃」至某段時間，再接「雨」之辭。

例：

著　錄	編號／【綴合】／（重見）	卜　辭
合集	29793	（1）中〔日至〕昃其〔雨〕。 （2）昃至章不雨。 （3）章雨。
合集	29801	（1）昃〔至章〕兮其〔雨〕。 （2）章兮至昏不雨。吉 （3）章兮至昏其雨。

（三）「昃……雨」

「昃」之後有其他天氣現象，或其他描述，或辭例不全，再與「雨」相連之辭。

例：

著　錄	編號／【綴合】／（重見）	卜　辭
合集	20470	（4）丙午卜，其生月雨，癸丑允雨。 （5）……陰，不雨。 （7）……甾……其……昃……雨……雨。
合集	20957	（1）于辛雨，庚多雨。辛改。 （2）己亥卜，庚又雨，其多。允雨，不□……昃 改……亦雨自北……大改，昃□，着日……

九、小采──雨

在「小采」與「雨」的組合中，詞項分作：

（一）「小采雨」：

「小采」、「雨」直接相連之辭。

例：

著　錄	編號／【綴合】／（重見）	卜　辭
合集	20397	（1）壬戌又雨。今日小采允大雨。征伇，着日隹 啟。
合集	21013	（2）丙子隹大風，允雨自北，以風。隹戊雨。戊 寅不雨。𠂤曰：征雨，〔小〕采𠂤，兮日，陰， 不〔雨〕。庚戌雨陰征。□月。 （3）丁未卜，翌日昃雨，小采雨，東。

（二）「小采……雨」：

「小采」之後有其他天氣現象，或其他描述，再與「雨」相連之辭。

例：

著　錄	編號／【綴合】／（重見）	卜　辭
合集	20966	（1）癸酉卜，王〔貞〕：旬。四日丙子雨自北。丁雨，二日陰，庚辰……一月。 （2）癸巳卜，王，旬。四日丙申昃雨自東，小采既，丁酉少，至東雨，允。二月。 （3）癸丑卜，王，貞：旬。八庚申𡧛，允雨自西，小〔采〕既，〔夕〕……五月。 （7）□□〔卜〕，王……告……比……〔雨〕……小。
合集	21013	（2）丙子隹大風，允雨自北，以風。隹戊雨。戊寅不雨。㠱曰：征雨，〔小〕采 ，兮日，陰，不〔雨〕。庚戌雨陰征。□月。 （3）丁未卜，翌日昃雨，小采雨，東。

　　詞項二「小采……雨」所收《合集》21013（2）：「丙子隹大風，允雨自北，以風。隹戊雨。戊寅不雨。㠱曰：征雨，〔小〕采 ，兮日，陰，不〔雨〕。庚戌雨陰征。□月。」一條，小采後，原考釋摹作「  」的字，可能是一個氣象詞，但此版拓本字跡漫漶不清，又有甲縫及盾紋之影響，「兮」亦字難以辨認，列此為備考。

《合集》21013

十、郭兮——雨

在「龏（郭）兮」與「雨」的組合中，詞項分作：

（一）「龏（郭）兮・雨」

「龏（郭）兮」後接「雨」、「其雨」、「不雨」之辭。

例：

著　錄	編號／【綴合】／（重見）	卜　辭
合集	29787+29799（《合補》9553）	（1）翌日壬王其田，雨。 （2）不雨。 （3）中日雨。 （4）龏兮雨。
合集	29793	（1）中〔日至〕昃其〔雨〕。 （2）昃至龏不雨。 （3）龏雨。

（二）「龏（郭）兮至昏・雨」

「龏（郭）兮」至「昏」，再接「其雨」、「不雨」之辭。

例：

著　錄	編號／【綴合】／（重見）	卜　辭
合集	29795	（1）龏兮至昏不雨。 （2）〔龏〕兮至昏其雨。
合集	29801	（1）昃〔至龏〕兮其〔雨〕。 （2）龏兮至昏不雨。吉 （3）龏兮至昏其雨。

（三）「時間段……至龏（郭）兮・雨」

時間段「今日」、「昃」、「中日」至「龏（郭）兮」，再接「其雨」、「不雨」之辭。

例：

著　錄	編號／【綴合】／（重見）	卜　辭
合集	29801	（1）昃〔至龏〕兮其〔雨〕。 （2）龏兮至昏不雨。吉 （3）龏兮至昏其雨。
合集	30203	（1）今日乙龏戉，不雨。 （2）于翌日丙戉，不雨。 （3）不戉，不雨。

十一、昏──雨

在「昏」與「雨」的組合中，詞項分作：

（一）「時間段・昏・雨」

「時間段」後接「昏」，再接「其雨」、「不雨」等辭

例：

著　　錄	編號／【綴合】／（重見）	卜　　辭
合集	29795	（1）章兮至昏不雨。 （2）〔章〕兮至昏其雨。
合集	29794	章兮至昏不雨。

（二）「今日・昏・雨」

「今日」之後接「昏」，再接「雨」、「不雨」等辭。

例：

著　　錄	編號／【綴合】／（重見）	卜　　辭
合集	29328	（1）弜田（贀？），其雨。大吉 （2）今日辛至昏雨。
合集	28625+29907+30137【《甲拼》172、《綴彙》33】	（1）王其省田，不冓大雨。 （2）不冓小雨。 （3）其冓大雨。 （4）其冓小雨。 （5）今日庚湄日至昏不雨。 （6）今日其雨。

　　詞項二「今日・昏・雨」所收的三版與「昏」相關的氣象卜辭，如並列來看：

　　　　（5）今日庚湄日至昏不雨。

　　　　　　《合集》28625+29907+30137【《甲拼》172、《綴彙》33】

　　　　（2）今日辛至昏雨。

　　　　　　　　　　　　　　　　　　　　　　　《合集》29328

　　　　……日戊。今日湄至昏不雨。

　　　　　　　　　　　　　　　　　　　　　　　《合集》29803

這類完整的句式應為「今日」＋「干支」＋「昏」＋「雨」，而有時會省略干支，只言今日，就刻寫紀錄的心理來說，這也很合理，因為記錄的當下都知道現在

是哪一天，因此不需要特別記這是哪一天所卜。從三條辭例對比，「湄日」可省作「湄」，同時「今日」＋「干支」＋「昏」＋「雨」這樣的句式無論是否刻寫出「湄日」，皆是指從今日開始，終日至黃昏這一個大的時間段。

十二、暮──雨

在「暮」與「雨」的組合中，詞項分作：

（一）「暮‧雨」：

「暮」後接「小雨」、「不遘雨」、「不遘大雨」等之辭，或「暮」後辭例不全，再與「雨」相連之辭。

例：

著　錄	編號／【綴合】／（重見）	卜　辭
村中南	113	莫小雨？吉。茲用。
合集	29807	（2）其菁雨。 （3）其嚞不菁雨。
合集	28547+28973【《甲拼》224】	（2）不遘小雨。 （3）翌日壬王□省喪田，机遘大雨。 （4）其暮不遘大雨。

（二）「暮‧于之‧雨」

「暮」之後接「于之」，再與「雨」相連之辭。

例：

著　錄	編號／【綴合】／（重見）	卜　辭
合集	27769	（1）其嚞入，于之，若、万，不雨。
合集	29804	其嚞于之，廼不菁雨。

（三）「暮‧往‧雨」

「暮」後接「往」，再接，「不雨」、「不菁雨」等辭。

例：

著　錄	編號／【綴合】／（重見）	卜　辭
合集	29788	（1）嚞，于日中廼往，不雨。 （2）……〔雨〕。
合集	30094+30113（參見《合補》9535）	（1）嚞往，不菁雨。 （2）王其机，不菁雨。 （3）王夕入，于之不雨。

十三、闌昃——雨

在「闌昃」與「雨」的組合中，詞項分作：

（一）「闌昃……雨／雨……闌昃」：

「闌昃」之後有其他描述，再接「雨」之辭；或「雨」之後有其他描述，再接「闌昃」之辭。

例：

著　錄	編號／【綴合】／（重見）	卜　辭
合集	20957	（1）于辛雨，庚歺雨。辛放。 （2）己亥卜，庚子又雨，其歺允雨。 （3）……着日大放，昃亦雨自北。闌昃放。
合集	20962	癸亥，貞：旬甲子方又祝，才邑南。乙丑闌，昃雨自北，丙寅大……

十四、夕——雨

在「夕」與「雨」的組合中，詞項分作：

（一）「夕雨」：

卜辭中含「夕雨」及「夕雨小」之辭。

例：

著　錄	編號／【綴合】／（重見）	卜　辭
合集	6037 反	（3）〔王〕固曰：易日，其明雨，不其夕〔雨〕小。 （4）王固曰：其雨。乙丑夕雨小，丙寅喪，雨多，丁……
合集	8250 反	（1）貞：夕雨。

（二）「夕……雨」：

「夕」與「雨」之間辭例不全之辭。

例：

著　錄	編號／【綴合】／（重見）	卜　辭
合集	12623 乙	（3）……夕……雨。 （4）〔貞〕：今夕□雨。十月。 （5）貞：今〔夕〕不〔雨〕。
合集	12669	〔今〕夕……雨疾。

（三）「夕雨不」：

卜辭中含「夕雨不」之辭，其前後可附加時間詞或修飾語，如：「今夕雨不」、「之日夕雨不征」。

例：

著　錄	編號／【綴合】／（重見）	卜　辭
合集	12221	（1）貞：今夕雨不。
合集	12973	（1）辛酉卜，殼，翌壬戌不雨。之日夕雨不征。

（四）「夕多雨」：

卜辭中含「夕多雨」之辭，其前可附加時間詞，如：「今夕多雨」。

例：

著　錄	編號／【綴合】／（重見）	卜　辭
合集	12692 正	□□〔卜〕，韋，貞：今夕多雨。
合集	12702	□未卜，貞：今夕雨多。

（五）「今夕・雨」：

「今夕」後接「雨」、「其雨」、「不其雨」、「其雨疾」、「不雨」、「亡雨」、「其大雨疾」、「不大雨疾」、「小雨」、「雨多」、「征雨」、「不征雨」、「不其征雨」、「其亦雨」、「不其亦雨」、「其亦盉雨」、「不亦盉雨」、「不遘雨」、「其遘雨」、「從雨」、「屮從雨不」、「屮雨」、「望雨」、「又雨」等之辭。

例：

著　錄	編號／【綴合】／（重見）	卜　辭
合集	12106	辛酉卜，史，貞：今夕雨。
合集	8473	（7）貞：今夕其雨。 （8）貞：今夕不雨。 （10）貞：今夕其雨。 （11）貞：今夕不雨。 （13）貞：今夕其雨。七月。 （14）貞：今夕不其雨。 （16）貞：今夕其雨。 （17）貞：今夕不雨。
合集	12671 正	（1）貞：今夕其雨疾。
合集	29960（《旅順》1587）	癸巳卜，因，貞：今夕亡雨。
合集	3537 正	（2）……今夕其大雨疾。

合補	655（《天理》131）	（1）貞：今夕不大雨疾。
合集	12712	貞：今夕不其小雨。
合集	12702	□未卜，貞：今夕雨多。
合集	12779	（2）貞：今夕征雨。
合集	12788 正	（1）貞：今夕不征雨。
合集	12789	貞：今夕不其征雨。
合集	12716（《中科院》489）	貞：今夕其亦雨。
合集	12727（《旅順》637）	貞：今夕不其亦雨。
合集	12659 正	（1）貞：今夕其亦盧雨。 （2）今夕不亦盧雨。
合集	30104	（1）其遘雨。 （2）今夕不遘雨。 （3）今夕其〔遘雨〕。
合集	20975	（2）壬午卜，𡷹，桒山、𰯟青，雨。 （3）己丑卜，舞羊，今夕从雨，于庚雨。 （4）己丑卜，舞〔羊〕，庚从雨，允雨。
合集	12830 反	乙未卜，〔貞〕：舞，今夕〔出〕从雨不。
合集	12997 反	王囚曰：今夕卽雨。
合集	29992	其酚方，今夕又雨。吉　茲用

（六）「今夕……雨」：

「今夕」之後有其他天氣現象、祭名、其他描述，或辭例不全，再與「雨」相連之辭。

例：

著　錄	編號／【綴合】／（重見）	卜　辭
合集	13080（《中科院》1151）	貞：今〔夕不〕改，〔雨〕。〔註94〕
合集	30841	（2）叀今夕酚，又雨。 （3）叀癸酚，又雨。
合集	31582+31547+31548（《合補》9563）	（5）貞：今夕改，不雨。 （6）貞：今夕其不改。雨。 （11）貞：今夕改，不雨。 （12）〔貞〕：今夕〔不〕其改，不雨。 （17）貞：今夕不雨。 （18）……雨。

〔註94〕「夕不」二字，據《中科院》補。

		（22）貞：今夕其雨。
		（23）貞：今夕不其雨。
		（24）貞：今夕取岳，雨。
		（25）貞：今夕其雨。
		（27）貞：今夕其雨。
		（28）……夕……雨。
合補	13223	……貞：今夕……雨。

（七）「今夕允雨」：

卜辭中含「今夕允雨」之辭。

例：

著　　錄	編號／【綴合】／（重見）	卜　　辭
合集	12231 反	〔今〕夕允〔雨〕

（八）「今夕□雨」：

「今夕」與「雨」之間辭例缺一字之辭。

例：

著　　錄	編號／【綴合】／（重見）	卜　　辭
合集	12208	（1）〔貞〕：今夕□雨。 （2）貞：今夕不雨。
合集	12224	（1）庚子卜，今夕不雨。 （2）〔今〕夕□雨。

（九）「今干支夕不雨」：

「今」後接「干支」，再接「夕不雨」之辭。

例：

著　　錄	編號／【綴合】／（重見）	卜　　辭
合集	12222	〔貞〕：今己巳夕不雨。
合集	12223	（1）貞：今壬子夕不雨。

（十）「今日夕……雨」：

「今日夕」之後接「虫雨」，或加時間副詞「既」，再接「幺雨」等之辭。

例：

著　　錄	編號／【綴合】／（重見）	卜　　辭
合集	41091（《英藏》02083）	（2）□卯卜，出，貞：今日夕虫雨，于盟室牛不用。九月。

（十一）「日夕雨」：

卜辭中含「日夕雨」之辭。

例：

著　錄	編號／【綴合】／（重見）	卜　辭
合集	12236	（1）……日夕雨。
合集	12940	（2）……〔雨〕。〔之日〕允夕……

（十二）「之夕雨」：

卜辭中含「之夕雨」之辭。

例：

著　錄	編號／【綴合】／（重見）	卜　辭
合集	11814+12907【《契》28】	（3）壬戌卜，癸亥雨。之夕雨。
合集	12477	（3）癸卯卜，貞：夕亡囚。之夕雨。

（十三）「今夕允‧雨」：

「今夕」後接「允征雨」之辭。

例：

著　錄	編號／【綴合】／（重見）	卜　辭
合集	12934	今夕允征雨。

（十四）「之夕允‧雨」：

「之夕」後接「允雨」、「允不雨」之辭。

例：

著　錄	編號／【綴合】／（重見）	卜　辭
合集	7709 反	（2）之夕允雨。
合集	10222	（1）……今夕其雨……其雨。之夕允不雨。

（十五）「冬夕雨」：

卜辭中含「冬夕雨」之辭。

例：

著　錄	編號／【綴合】／（重見）	卜　辭
合集	12998 正	（1）貞：不其冬夕雨。

（十六）「……夕・雨」：

「夕雨」、「夕多雨」、「夕□雨」之前有缺字，無法判斷為「今夕」、「日夕」等時間段之辭。

例：

著　　錄	編號／【綴合】／（重見）	卜　　辭
合集	12241 反	（1）□□夕□雨。 （2）貞：今夕其雨。 （3）王固曰：其雨。
合集	12498	□夕雨。一月。

（十七）「……夕允・雨」：

「夕允雨」、「夕允征雨」、「夕允不雨」之前有缺字，無法判斷為「今夕允」、「日夕允」、「生夕允」等時間段之辭。

另，僅《合集》12934：「今夕允征雨。」一例為完整的「今夕允・雨」，故一併收于此項。

例：

著　　錄	編號／【綴合】／（重見）	卜　　辭
合集	12612	……夕允雨。八月。才□。
合集	12947	□征雨。□夕允〔征雨〕。
合集	12959	□夕允不〔雨〕。

（十八）「……夕・祭名・雨」：

「夕」前有缺字，中接祭名，後再接「雨」、「菁雨」之辭。

例：

著　　錄	編號／【綴合】／（重見）	卜　　辭
合集	14446	……夕夐〔于〕岳。〔雨〕。
合集	15833	丙子卜，□，貞：王往……夕禰……菁〔雨〕。

（十九）「之夕・祭名・允雨」：

「之夕」後接祭名，再接干支允雨之辭。

例：

著　　錄	編號／【綴合】／（重見）	卜　　辭
合集	12908	（1）〔丁〕酉雨。之夕🜨，丁酉允雨，少。

		(2)〔丁〕酉卜，翌戊戌雨。 (3) 庚午卜，辛未雨。 (4) 庚午卜，壬申雨。壬申允雨。□月。 (5) □□卜，癸酉雨。
合集	12915	……雨。之〔夕〕[illegible]，辛〔未〕允雨。

詞項五「今夕・雨」中，所收錄的兩條卜辭：《合集》20961（1）：「丙戌卜，雨今夕不。」、《屯南》2348（1）：「丁酉卜，雨今夕。」將雨字提前至「今夕」前，仍當視為「今夕不雨」之辭，故一併收入此項。

《合集》20961　　　　《屯南》2348（僅裁切有字部份）

詞項六「今夕……雨」收錄《合集》33945 版，其中一條作「……今夕至丁亥征大雨。」此條卜辭雖不完整，但已足見這條卜辭是卜問「跨夜的雨」，從今晚至丁亥日是否會持續的下大雨。類似的辭例還有《村中南》373：

（2）戊子卜：至壬辰雨？不雨。

（3）戊〔子〕□：今夕……雨？

這兩條綜合理解的話，便是在戊子日貞問，今天（戊子）晚上到明天（壬辰）是否會下雨，也是一條卜問「跨夜的雨」。而比較完整的辭例收在詞項五「今夕・雨」：

（1）丁酉卜，王，〔貞〕：今夕雨，至于戊戌雨。戊戌允夕雨。四月。

《合集》24769

（1）丁未卜，王，貞：今夕雨。吉，告。之夕允雨，至于戊申雨。才二月。

《合集》24773

這兩條卜辭就能更清楚的看出商人貞卜雨的時間段不只問白天、晚上、某一時稱，或是某日到某日，還有此類「跨夜」的卜問，這對於理解「夕」之於商人的重要性，提供一條重要的線索。

詞項十一、「日夕雨」所收錄的《合集》12940（2）：「……〔雨〕。〔之日〕允夕……」前後刻辭殘缺不見，然「雨」之前應為前辭、命辭、占辭等語，「之日允夕……」為驗辭，既前為卜雨之辭，其後應當也為允雨之辭，故將此條收入本詞項中。

《合集》12940

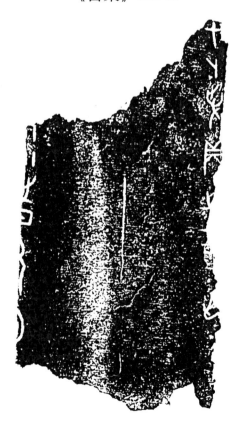

十五、中脲——雨

在「中脲」與「雨」的組合中，詞項分作：

（一）「中脲・雨」：

「中脲」後接「雨」之辭。

例：

著　　錄	編號／【綴合】／（重見）	卜　　辭
合集	20964+21310（《合補》6862）+21025+20986【《甲拼》21、《綴彙》165】	（1）癸卯卜，貞：旬。四月乙巳〔中〕脲雨。 （3）癸丑卜，貞：旬。五月庚申寐，允雨自西。夕既。 （4）辛亥🜚雨自東，小……

十六、寐——雨

在「寐」與「雨」的組合中，詞項分作：

（一）「寐・允雨」：

「寐」後接「允雨」之辭。

例：

著　　錄	編號／【綴合】／（重見）	卜　　辭
合集	20964+21310（《合補》6862）+21025+20986【《甲拼》21、《綴彙》165】	（1）癸卯卜，貞：旬。四月乙巳〔中〕脲雨。 （3）癸丑卜，貞：旬。五月庚申寐，允雨自西。夕既。 （4）辛亥🜚雨自東，小……

十七、人定——雨

在「人定」與「雨」的組合中，詞項分作：

（一）「人定・雨」：

「人定」（或寫作定人）後接「雨」之辭。

例：

著　　錄	編號／【綴合】／（重見）	卜　　辭
合集	20398	（2）戊寅卜，于癸舞，雨不。 （3）辛巳卜，取岳，从雨。不比。三月。 （4）乙酉卜，于丙奉岳，从。用。不雨。 （7）乙未卜，其雨丁不。四月。

		（8）以未卜，翌丁不其雨。允不。 （10）辛丑卜，柰瞍，从〔雨〕。甲辰定，雨小。四月。
合集	21021 部份+21316+21321+21016【《綴彙》776】	（1）癸未卜，貞：旬。甲申人定雨……雨……十二月。 （4）癸卯貞，旬。□大〔風〕自北。 （5）癸丑卜，貞：旬。甲寅大食雨自北。乙卯小食大啟。丙辰中日大雨自南。 （6）癸亥卜，貞：旬。一月。昃雨自東。九日辛丑大采，各云自北，雷征，大風自西刜云，率〔雨〕，母畵日……一月。 （8）癸巳卜，貞：旬。之日巳，羌女老，征雨小。二月。 （9）……大采日，各云自北，雷，風，茲雨不征，隹婞…… （10）癸亥卜，貞：旬。乙丑夕雨，丁卯明雨……采日雨。〔風〕。己明啟。三月。

十八、夗——雨

在「夗」與「雨」的組合中，詞項分作：

（一）「夗・雨」：

「夗」後接「雨」之辭。

例：

著　錄	編號／【綴合】／（重見）	卜　辭
合集	11845	（2）……不雨。丁陰，庚夗雨，于壬雨……
合集	20957	（1）……于辛雨，庚夗□雨。辛攺。 （2）己亥卜，庚又雨，其夗允雨，不□……昃攺……亦雨自北……大攺，昃□，昔日……

（二）「雨……夗既」

「雨」後有其他描述，再接「夗既」之辭。

例：

著　錄	編號／【綴合】／（重見）	卜　辭
合集	20964+21310（《合補》6862）+21025+20986【《甲拼》21、《綴彙》165】	（1）癸卯卜，貞：旬。四月乙巳〔中〕脎雨。 （3）癸丑卜，貞：旬。五月庚申寐，允雨自西。夗既。 （4）辛亥🦴雨自東，小……

合集	20966	（1）癸酉卜，王〔貞〕：旬。四日丙子雨自北。 　　丁雨，二日陰，庚辰……一月。 （2）癸巳卜，王，旬。四日丙申昃雨自東，小采 　　既，丁酉少，至東雨，允。二月。 （3）癸丑卜，王，貞：旬。八〔日〕庚申宕人雨 　　自西小，夘既，五月。 （7）□□〔卜〕，王……告……比……〔雨〕…… 　　小。

　　詞項一「夘‧雨」所收錄《合集》11845（2）中的「庚雨」，舊釋為「庚從雨」，今當改為「庚夘雨」。

《合集》11845　　　　　　　　　局部

拾、一日以上的雨

一、今──雨

（一）「今日‧雨」

　　卜辭中「今日」後接「雨」、「不雨」、「其雨」、「不其雨」、「征雨」、「不征雨」、「不其征雨」、「不其亦盅雨」、「不大雨」、「多雨」、「既雨」、「不綠雨」等之辭。

例：

著　錄	編號／【綴合】／（重見）	卜　辭
合集	140 反	（3）貞：今日雨。 （4）貞：今日不其雨。

合集	2798 正	（1）今日不雨。
合集	778 正（《合補》3524 正）+774+乙補 2213【《醉》54】	（1）今日其雨。
合集	900 反	（1）今日不其雨。
合集	12771	丁巳卜，古，貞：今日征雨。
合集	37536	（1）戊戌卜，才滴，今日不征雨。
天理	546	（1）辛，今日征〔雨〕。 （2）癸亥卜，今日不其征雨。
合集	12661	（1）貞：今乙丑亦盘〔雨〕。 （2）貞：今日不其亦盘〔雨〕。
合集	30056	（1）壬申卜，今日不大雨。
合集	41871（《英藏》02588）	（1）于□又雨。 （2）己卯卜，貞：今日多雨。
合補	3053	丁酉卜，允，貞：今日既雨。
合集	33871	（1）丁雨。 （2）丙寅卜，丁卯其至豪雨。 （3）丁卯卜，今日雨。夕雨。 （7）庚午卜，雨。 （8）乙亥卜，今日其至不豪雨。 （9）乙其雨。 （10）乙其雨。

（二）「今日……雨」

卜辭中「今日」後有其他描述，或辭例不全，再接「雨」、「不雨」等之辭。

例：

著　錄	編號／【綴合】／（重見）	卜　辭
合集	885 反	王固曰：其雨，隹今日……不雨。
合集	11971 反+《乙補》556+《乙補》613【《醉》338】	（1）王固曰：隹丁……今日……雨。
合集	18801+24739【《契》366】	（2）己巳卜，貞：今日血秦，不雨。 （4）壬申卜，出，貞：今日不雨。

（三）「今・雨」

卜辭中「今」後接「雨」、「不雨」、「其雨」、「不其雨」、「征雨」、「不征雨」等之辭。

例：

著　錄	編號／【綴合】／（重見）	卜　辭
合集	11874	（1）貞：今雨。 （2）貞：其雨。
合集	29926	（2）貞：今不雨。
合集	7896	貞：今其雨。才甫魚。
合集	12100	（1）貞：今不其雨。
合集	12924	壬□〔卜〕，貞：今征雨。允雨。
合補	7467	（1）辛丑〔卜〕，□，貞：今不征〔雨〕。

（四）「今……雨」

卜辭中「今」後有其他描述，或辭例不全，再接「雨」、「其雨」、「不雨」、「從雨」、「亡其雨」、「亡大雨」、「不冓雨」、「盄雨」、「雨疾」、「其亦雨」、「不征雨」、「允雨」等之辭。

例：

著　錄	編號／【綴合】／（重見）	卜　辭
合集	5518	（4）今□雨。
合集	12057+《乙》2784+《乙》2918+《乙補》2574+《乙補》2569【《醉》161】	（1）□午卜，㱿，貞：今□其雨。
合集	24670 反（《中科院》1342 反）	（1）□戌卜，行，〔貞〕：今日不雨。 （2）壬申〔卜，行〕，貞：今□不〔雨〕。
合集	12686	□□卜，今……從雨。
旅順	1588	□□卜，王，今□亡其雨。
合集	30063	甲戌〔卜〕，□，貞：今茲……亡大〔雨〕。
合集	34533	（2）庚申，貞：今來甲子酚，王不冓雨。
合集	12662 正	□子卜，□，貞：今□盄〔雨〕。
合集	12668	貞：今……雨疾。
合集	12730	庚辰〔卜〕，貞：今□不其〔亦〕雨。
合集	12790	（1）貞：今□不征〔雨〕。
合集	12532 正	貞：今……王固曰：㹥。茲气雨。之日允雨。三月。

（五）「今干支・雨」

卜辭中「今」後加「干支」，再接「雨」、「不雨」、「其雨」、「不其雨」、「亦盄雨」、「征雨」、「不征雨」、「不其征雨」等之辭。

例：

著　錄	編號／【綴合】／（重見）	卜　辭
合集	12007	貞：今甲寅雨。
合集	13666 反	（1）今丁巳其雨。 （2）貞：今丁巳不雨。
合集	892 正	（19）貞：今癸亥其雨。 （20）貞：今癸亥不其雨。允不雨。
合集	12661	（1）貞：今乙丑亦盧〔雨〕。 （2）貞：今日不其亦盧〔雨〕。
合集	4570+3286（《補編》495正）【《綴彙》9】	（4）今丙午不其征雨。 （6）貞：今丙午征雨。
合集	12786	貞：今己亥不征雨。

（六）「今日干支・雨」

卜辭中「今日」後加「干支」，再接「雨」、「不雨」、「又雨」、「其雨」、「不其雨」、「大雨」、「亡大雨」、「亦雨」、「允雨」等之辭。

例：

著　錄	編號／【綴合】／（重見）	卜　辭
合集	12021	壬寅卜，今日壬雨。
合集	29891	（1）其雨。 （2）今日辛不雨。
屯南	1125	（1）乙未卜，今……雨。 （2）不雨。 （5）辛亥卜，今日辛，又雨。 （6）亡雨。
合集	12939 正	（1）貞：今日壬申其雨。之日允雨。 （2）貞：今日壬申不其雨。
合集	30015+《掇》3.123+30058【《醉》253】	（1）壬午卜，今日壬亡大雨。 （2）其又大雨。 （3）癸亡大雨。 （4）其又大雨。 （5）甲亡大雨。 （6）〔其〕又大雨。
合補	10602	（1）不雨。 （2）辛卯，貞：今日辛亦雨。 （3）不雨。
合集	12925（《中科院》1155）	今日丁巳允雨不征。

（七）「今旬・雨」

卜辭中「今旬」後接「雨」、「不其雨」等之辭。

例：

著　錄	編號／【綴合】／（重見）	卜　辭
合集	1106 正	（2）自今旬雨。 （3）今日不〔雨〕。 （4）貞：今乙卯不其〔雨〕。 （5）貞：今乙卯不其〔雨〕。 （6）貞：今乙卯允其雨。
合集	12486	（2）癸酉卜，自今旬不其雨。

（八）「今・月・雨」

卜辭中「今」後加「月份」，再接「雨」、「不雨」、「其雨」、「不其雨」、「多雨」、「亦盧雨」、「帝令雨」、「帝令不雨」、「帝不其令雨」、「帝令多雨」等之辭。

例：

著　錄	編號／【綴合】／（重見）	卜　辭
合集	6496	（2）丙戌卜，爭，貞：今三月雨。
北大	1462	貞：今月不雨。
合集	12636	（1）丁丑卜，爭，貞：今十一月其雨。 （2）貞：今十一月不其雨。
合集	12577 正	甲午卜，㱿，貞：今五月多雨。
合集	12621（《合補》03808 正）	辛巳卜，今十月亦盧〔雨〕。
合集	14132 正	貞：今一月帝令〔雨〕。
合集	14134	……今二月帝〔不〕令雨。
合集	14135 正	（1）貞：今二月帝不其令雨。
合集	14136	□□〔卜〕，㱿，貞：今三月帝令多雨。

（九）「今・季節・雨」

卜辭中「今」後加「季節」，再接「雨」、「多雨」之辭。

例：

著　錄	編號／【綴合】／（重見）	卜　辭
合集	11535+6697（《補編》1895） 【《甲拼》34】	（4）今秋…… （5）〔□□〕卜，今秋…… （6）……雨……

合集	29908	（2）壬寅卜，雨。癸日雨，亡風……
		（3）不雨。〔癸〕……
		（5）乙亥卜，今秋多雨。
		（7）多雨。
		（8）丙午卜，日雨。
		（9）……不雨。

（十）「今至（于）干支・雨」

卜辭中「今至」或「今至于」後加「干支」，再接「雨」、「不雨」、「其雨」、「不其雨」、「帝令雨」、「帝不其令雨」等之辭。

例：

著　錄	編號／【綴合】／（重見）	卜　辭
合集	667 正	（5）壬寅卜，殼，貞：自今至于丙午雨。
		（6）壬寅卜，殼，貞：自今至于丙午不其雨。
合集	3521 正	（3）自今至于己酉不雨。
		（4）貞：〔今〕癸亥其雨。
合集	14148	（1）□戌卜，爭，貞：自〔今〕至于庚寅帝令雨。
		（2）自今至于庚寅帝不其令雨。

（十一）「自今幾日至于干支・雨」

卜辭中含有「自今幾日至于干支」後接「雨」、「不雨」、「其雨」等之辭。

例：

著　錄	編號／【綴合】／（重見）	卜　辭
合集	12316	（1）貞：自今五日至于丙午〔雨〕。
		（2）貞：今五日至〔于丙午不雨〕。
		（3）自今五日日雨。
		（4）自今五日不其雨。
合集	12329（《合補》3543）	自今日至乙不其雨。
合集	12333 正（《旅順》650 正）＋《英藏》1740【《甲拼續》356 則】	（1）丙戌卜，貞：自今日至庚寅雨。不。

（十二）「自今干支至于干支・雨」

卜辭中含有「自今干支至于干支」後接「雨」、「不雨」、「不其雨」、「又大雨」、「亡大雨」等之辭。

例：

著　錄	編號／【綴合】／（重見）	卜　辭
合集	12312 正甲+12312 正乙（《合補》3540 正）+17311 正+《乙補》2620+《乙補》2629+《乙補》2631+《乙補》2746+《乙補》3039+《乙補》5106+《乙補》6771+《乙補》6774+《乙補》6992【《醉》381】	（5）甲辰卜，爭，貞：自今至于戊申雨。 （6）自今甲至于戊申不雨。
合集	12329（《合補》03543）	自今庚至乙〔不〕其雨。
合集	30048	（1）自今辛至于來辛又大雨。 （2）〔自〕今辛至〔于〕來辛亡大雨。

（十三）「今日至干支・雨」

卜辭中含有「今日至干支」後接「雨」、「不雨」、「不其雨」、「亡大雨」等之辭。

例：

著　錄	編號／【綴合】／（重見）	卜　辭
合集	29914	（1）今日至丁又雨。 （2）〔今日至〕丁亡大雨。
合集	40258 正	貞：自今日至于己丑不雨。三月。
合集	12329（《合補》3543）	自今日至乙不其雨。
合集	29916	今日至己亡大雨。

（十四）「自今旬干支・雨」

卜辭中含有「自今旬干支」後接「允雨」之辭。

例：

著　錄	編號／【綴合】／（重見）	卜　辭
合集	12482	（1）辛亥卜，自今旬……壬子雨。七〔日〕丁巳允〔雨〕。

（十五）「自今幾日・雨」

卜辭中含有「自今幾日」後接「雨」、「不雨」、「不其雨」等之辭。

例：

著　錄	編號／【綴合】／（重見）	卜　辭
合集	1086 正	（7）辛西卜，貞：自今五日雨。 （8）自今辛五日雨。

| 合集 | 12316 | （1）貞：自今五日至于丙午〔雨〕。
（2）貞：今五日至〔于丙午不雨〕。
（3）自今五日日雨。
（4）自今五日不其雨。 |

（十六）「今幾日‧雨」

卜辭中含有「今幾日」後接「雨」之辭。

例：

著　錄	編號／【綴合】／（重見）	卜　辭
合集	12090	今三日雨
合集	12091	□寅卜，今五日雨

（十七）「今日‧時間段‧雨」

卜辭中「今日」後接「時間段」，再接「雨」、「不雨」、「允大雨」等之辭。

例：

著　錄	編號／【綴合】／（重見）	卜　辭
合集	20397	（1）壬戌又雨。今日小采允大雨。征伐，着日隹 　　啟。
合集	29803	……日戌。今日湄至昏不雨。

（十八）「雨‧今日」

卜辭中含有「雨今日」之辭。

例：

著　錄	編號／【綴合】／（重見）	卜　辭
合集	20902	辛未〔卜〕，曰：雨今日。
合集	20908	（1）戊寅卜，陰，其雨今日🌣。〔中〕日允〔雨〕。 （2）乙卯卜，丙辰□余〔食〕妣丙，🌣，中日雨。 　　三月。

二、湄日──雨

在「湄日」與「雨」的組合中，詞項分作：

（一）「湄日‧雨」

卜辭中「湄日」後接「雨」、「不雨」、「不冓雨」、「不冓大雨」等之辭。

例：

著　錄	編號／【綴合】／（重見）	卜　辭
合集	27799	（3）湄日雨。
合集	28346	（2）乙王其田，湄日不雨。
合集	28513 （30112） +38632 【《醉》277】	（3）王其田，湄日不菁雨。 （4）〔其〕菁雨。
合集	28516	壬王其田，湄日不遘大雨。

（二）「湄日……雨」

卜辭中「湄日」、「湄」後文字殘缺，再接「雨」之辭。

例：

著　錄	編號／【綴合】／（重見）	卜　辭
合集	29863	（1）翌日……湄日……雨。 （2）其雨。吉
合集	41553（《英藏》02308）	……湄日……雨。

（三）「雨‧眉日」

卜辭中「雨」後接「眉日」之辭。

例：

著　錄	編號／【綴合】／（重見）	卜　辭
合集	27931	丙戌卜，戊亞其尃其豐……茲雨，眉日。

（四）「湄日亡戈‧雨」

卜辭中「湄日亡戈」後接「不雨」、「不菁雨」、「不菁大雨」等之辭。

例：

著　錄	編號／【綴合】／（重見）	卜　辭
合集	28608	（2）于壬王廸田，湄日亡戈。不雨。
合集	28512	（1）……王其田，湄日亡戈，不菁雨
合集	28645	王叀田省，湄日亡戈，不菁大雨。

（五）「湄日至‧時間段‧雨」

卜辭中「湄日至」後接「時間段」，再接「不雨」之辭。

例：

著　錄	編號／【綴合】／（重見）	卜　辭
合集	28625+29907+30137【《甲拼》172】	（1）王其省田，不菁大雨。 （2）不菁小雨。

		（3）其霉大雨。 （4）其霉小雨。 （5）今日庚湄日至昏不雨。 （6）今日其雨。
合集	29803	……日戊。今日湄至昏不雨。

　　詞項一「湄日‧雨」有兩條不作「湄日不雨」、「湄日不霉雨」的套語，而是作「湄日亡大雨」，此兩版分別是《英藏》2302：「王其田狀，湄日亡不雨。」、《蘇德美日》《德》301：「□丑卜，丁卯湄日亡大雨。吉」也一併收於此項。

　　詞項二「湄日……雨」有兩條辭例不全，無法判斷是否為「否定詞」加「雨」，分別為《合集》29863（1）：「翌日……湄日……雨。」以及《合集》41553（《英藏》02308）：「……湄日……雨。」

　　詞項三「雨‧眉日」此項僅收《合集》27931：「丙戌卜，戊亞其尊其豊……茲雨，眉日。」此「湄」不加水旁，作「眉」。

　　詞項四「湄日亡戈‧雨」所收的辭例皆與田獵有關，其中僅有《合集》29157（3）：「叀宮田省，湄亡戈，不霉大雨。」寫作「湄亡戈」，不作「湄日亡戈」。且幾乎此項所有卜辭，都在同一條辭例中見到與田獵的關係，其餘的則可在同版他辭中見到與田獵的關係，如：

　　（1）戊辰卜：今日戊，王其田，湄日亡戈，不……大吉

　　（2）弜田，其每，遘大雨。

　　（3）……湄日亡戈，不遘大雨。

　　（4）其歡，湄日亡戈，不遘大雨……吉

　　　　　　《合集》28515+30144+《安明》1952【《契》116】

且此詞項中卜問的雨，都加上否定詞「不」，如：不雨、不霉雨、不霉（遘）大雨等，同時，如果命辭是「王不去田獵」，則占辭中的雨，則不加否定，如目前所見的三版卜辭：

　　（1）戊辰卜：今日戊，王其田，湄日亡戈，不……大吉

　　（2）弜田，其每，遘大雨。

　　（3）……湄日亡戈，不遘大雨。

　　（4）其歡，湄日亡戈，不遘大雨……吉

　　　　　　《合集》28515+30144+《安明》1952【《契》116】

（1）于壬王田，湄日不〔雨〕。

（2）壬王弜田，其每，其冓大雨。

《合集》28680

（1）辛弜田，其每，雨。

（2）于壬王迺田，湄日亡戈，不冓大雨。

《屯南》757

上引三版，皆是因前提改為「王不去田獵」，因此後面的貞問也改為「天氣是否晦暗不明，遇到雨／大雨」，而上引三版中正面貞問「遇雨」的卜辭，也都不以「湄日亡戈」為開頭，反過來說只要是以「湄日亡戈」為套語的，其後必為否定詞「不」加「雨」。

　　從「湄日」與「雨」組合的詞項中的卜辭歸納推知，王前去田獵，都不希望遇到雨。《屯南》4045卜辭作：「……轞田，湄……戈，不雨。」從文例及行款看來，「湄……戈」中間所缺二字有可能是「日亡」，因前述「湄日亡戈」之後必為否定詞「不」加「雨」，本條或可補作「……轞田，湄〔日亡〕戈，不雨。」

　　甲骨卜辭中「湄日」有時只作「湄」，「湄日亡戈」即「湄亡戈」，此二句例例多見，但「湄亡戈」與「雨」同見的卜辭，僅見《合集》29157：（3）「叀宮田省，湄亡戈，不冓大雨。」這與常見的「湄日亡戈」＋「雨」的句式不同，故特別提出。

《屯南》4045

《合集》29157

三、翌——雨

在「翌」與「雨」的組合中，詞項分作：

（一）「翌・干支・雨」

卜辭中「翌」後接「干支」，再接「雨」、「不雨」、「其雨」、「不其雨」、「帝其令雨」、「帝不令雨」「征雨」等之辭。

例：

著　錄	編號／【綴合】／（重見）	卜　辭
合集	2944	（2）翌己酉雨。
合集	2987+6191 正+13305【《合補》3932 正遙綴）】	（2）貞：翌庚辰不雨。
合集	156	（4）貞：翌甲寅其雨。 （5）貞：翌甲寅不其雨。
合集	14149 正	（1）〔癸丑〕卜，㱿，貞：翌甲寅帝其令雨。 （2）癸丑卜，㱿，貞：翌甲寅帝〔不〕令雨。
合集	3971 正+3992+7996+10863 正+13360+16457+《合補》988+《合補》3275 正+《乙》6076+《乙》7952【《醉》150】	（10）□翌辰□其征雨。 （11）不征雨。

（二）「翌・雨」

卜辭中「翌」後接「雨」、「不雨」等之辭。

例：

著　錄	編號／【綴合】／（重見）	卜　辭
合集	12367+《乙》5136+《乙》5195【《醉》366】	（1）翌雨。 （2）翌不雨。
合集	23815+24333【《綴彙》495】	（6）乙丑……曰貞：今日……于翌不雨。 （7）貞：其征雨。 （8）乙丑征雨，至于丙寅雨，袭。

（三）「翌日・雨」

卜辭中「翌日」後接「雨」、「不雨」、「昃雨」、「章兮不雨」、「湄日不雨」、「其雨」、「又雨」、「又大雨」、「菁雨」、「允雨不」等之辭。

例：

著　錄	編號／【綴合】／（重見）	卜　辭
合集	29107	（2）翌日戊雨。吉 （3）不雨。大吉
合集	29962	翌日辛不雨。
合集	21013	（2）丙子隹大風，允雨自北，以風。隹戊雨。戊寅不雨。朴曰：征雨，〔小〕采𡆥，兮日陰，不〔雨〕。庚戌雨陰征。□月。 （3）丁未卜，翌日昃雨，小采雨，東。
村中南	086〔註95〕	（3）于辛翌〔日〕壬𡰾〔兮〕不雨？
合集	38135	（1）戊午卜，貞：翌日戊湄日不雨。 （2）其雨。
合集	29994	（2）翌日戊又雨。 （3）于己大雨。 （4）〔今〕至己亡大雨。
合集	30040	（1）不雨。 （2）其雨。 （3）叀翌日戊又大雨。 （4）叀辛又大雨。
合補	9520（《天理》548）	（1）翌日庚屮大雨。
合集	30105	（1）丁亥卜，翌日冓雨。 （2）其冓〔雨〕。
合集	20903	（1）乙亥卜，今日雨不，三月。 （2）己亥〔卜〕，翌日丙雨。 （3）□卯卜……雨。 （4）……翌日允雨不。

（四）「翌……雨」

卜辭中「翌」後辭例不全，再接「雨」、「不雨」、「允不雨」、「不冓雨」、「不遘大雨」等之辭。

例：

著　錄	編號／【綴合】／（重見）	卜　辭
合集	12558	（1）翌□□雨。 （2）……雨。四月。
合集	29134	（1）甲寅卜，翌日乙王其……茲用。不雨。

〔註95〕釋文據朱歧祥：《釋古疑今——甲骨文、金文、陶文、簡文存疑論叢》第十六章　殷墟小屯村中村南甲骨釋文補正，頁316。

合集	30117	□□〔卜〕，何，貞：翌……王不菁雨。
合集	38172	□□〔卜〕，貞：翌日戊王……不遘大雨。
合集	24671	〔丙〕申卜，王，〔貞：翌〕丁酉不……□酉允不雨。

（五）「翌‧行動‧雨」

卜辭中「翌」後接「行動」之詞，再接「其雨」、「不雨」、「雨小」、「又大雨」、「其菁雨」、「不菁雨」、「不遘大雨」、「湄日不雨」、「亡其雨」等之辭。

例：

著　錄	編號／【綴合】／（重見）	卜　辭
合集	1007	翌乙□，伐，其雨。
合集	22751	（2）甲子，王卜曰：翌乙丑其酚翌于唐，不雨。
合集	6037 正	（1）貞：翌庚申我伐，易日。庚申明陰，王來金首，雨小。 （3）……雨。 （4）翌乙〔丑〕不其雨。
合集	28021	（2）于翌日壬歸，又大雨。 （3）甲子卜，亞戈耳龍，每。啟，其啟。弗每，又雨。
合集	12595	（1）貞：〔于〕翌乙丑□介□己，其菁雨。 （2）乙丑…… （3）……其雨。七月。
合集	29335	（3）翌日辛王其田，不菁雨。
合集	28547+28973【《甲拼》224】	（2）不遘小雨。 （3）翌日壬王□省喪田，杴不遘大雨。 （4）其暮不遘大雨。
合集	29172	（1）翌日戊王其〔田〕，湄日不雨。 （2）叀宮田省，湄日亡災，不雨。
合集	14755 正	（3）貞：翌丁卯㞷舞，㞷雨。 （4）翌丁卯勿，亡其雨。 （9）貞：㞷从雨。

（六）「翌‧干支‧氣象詞‧雨」

卜辭中「翌」之後加「干支」，再接「氣象詞」，再接「雨」、「不雨」等之辭。

例：

著　錄	編號／【綴合】／（重見）	卜　辭
合集	11483 正	（1）〔癸未〕卜，爭，貞：翌〔甲〕申易日。之夕月业食，甲陰，不雨。
合集	13225+39588【《契》191】	（3）癸酉卜，召，貞：翌乙亥易日。乙亥宜于水，風，之夕雨。
合集	30203	（1）今日乙彙攺，不雨。 （2）于翌日丙攺，不雨。 （3）不攺，不雨。

四、旬──雨

在「旬」與「雨」的組合中，詞項分作：

（一）「今旬‧雨」

卜辭中「今旬」後接「雨」、「其雨」、「不其雨」等之辭。

例：

著　錄	編號／【綴合】／（重見）	卜　辭
合集	12481 正（《旅順》648 正）	……〔自〕今旬雨，己酉〔雨〕。
合集	12485	……今旬其雨。
合集	12486	（2）癸酉卜，自今旬不其雨。

（二）「旬‧日數‧雨」

卜辭中「旬」後接「日數」，再接「雨」、「其雨」、「雨小」等之辭。

例：

著　錄	編號／【綴合】／（重見）	卜　辭
合集	11832+《乙》84+21309【《綴彙》581】	癸酉卜，貞：旬六日戊寅雨，己雨。至壬陰。
合集	21000	（1）乙丑，貞：雨。曰戊寅。旬四日，其雨。十二月。 （2）乙丑，貞：庚翌雨。
蘇德美日	《美》01	（1）乙丑，貞：于庚翌，雨。 （2）乙丑，貞：雨。曰：戊寅。旬四日，其雨小。十二月。

（三）「旬‧干支‧雨」

卜辭中「旬」後接「干支」，再接「雨」、「允雨」等之辭。

例：

著　錄	編號／【綴合】／（重見）	卜　辭
合集	6928 正	（7）乙酉量，旬癸〔巳〕𡆥，甲午〔雨〕。
合集	14138	（1）戊子卜，㱿，貞：帝及四月令雨。 （2）貞：帝弗其及四月令雨。 （3）王固曰：丁雨，不叀辛。旬丁酉允雨。

（四）「旬・雨・月／旬・月・雨」

卜辭中「旬」後接「雨」再接「月份」，或「旬」後接「月份」，再接「雨」之辭。

例：

著　錄	編號／【綴合】／（重見）	卜　辭
合集	20964+21310+21025+20986【《合補》6862、《甲拼》21《綴彙》165】	（1）癸卯卜，貞：旬。四月乙巳脩雨。 （3）癸丑卜，貞：旬。五月庚申寐人雨自西。夗既。 （4）辛亥𤔲雨自東，小……
合集	21016	（2）癸亥卜，貞：旬。二月。乙丑夕雨。丁卯明雨。戊小采日雨，止〔風〕。己明啟。

（五）「旬亡囚・雨」

卜辭中「旬亡囚」後接「雨」之辭。

例：

著　錄	編號／【綴合】／（重見）	卜　辭
合集	3756	（1）□□〔卜〕，爭、𠬝，貞：旬亡囚。壬辰雨。 （2）□□〔卜〕，〔爭〕、𠬝，貞：旬亡囚。丁未雨，己酉……
合集	13377+18792+18795+《合補》2294【《甲拼續》458、《綴彙》335】	（1）癸……旬亡〔囚〕……出七日㐁己卯〔大〕采日大㝿風，雨。暴伐。五〔月〕。

（六）「其他」

卜辭中含有「旬」、「雨」，但難以分於上述詞項之辭。

例：

著　錄	編號／【綴合】／（重見）	卜　辭
合集	20962	癸亥，貞：旬甲子方又祝，才邑南。乙丑闌，昃雨自北，丙寅大……
合集	24886（《合集》26042）	□□卜，喜，〔貞：翌〕辛亥……旬衣……菁雨。

五、月──雨

在「月」與「雨」的組合中，詞項分作：

（一）「一月──雨」

卜辭中含有「一月」及各類「雨」之辭。

例：

著　錄	編號／【綴合】／（重見）	卜　辭
合集	12487 正	（1）癸巳卜，爭，貞：今一月不其雨。 （2）癸巳卜，爭，貞：今一月雨。王固曰：丙雨。旬壬寅雨，甲辰亦雨。
合集	12496	（1）□□卜，今一月多雨。辛巳〔雨〕。

（二）「二月──雨」

卜辭中含有「二月」及各類「雨」之辭。

例：

著　錄	編號／【綴合】／（重見）	卜　辭
合集	738 正	（1）壬申卜，爭，貞：雨。二月。 （2）貞：不其雨。
合集	12511 正	（1）己丑卜，㕭，貞：翌庚寅不雨。 （2）丙申卜，旦，貞：今二月多雨。王固曰：其佳丙……

（三）「三月──雨」

卜辭中含有「三月」及各類「雨」之辭。

例：

著　錄	編號／【綴合】／（重見）	卜　辭
合集	6496	（2）丙戌卜，爭，貞：今三月雨。
合集	12047（《旅順》640）	（2）丁亥卜，卯，貞：今日其雨。之日允雨。三〔月〕。

（四）「四月──雨」

卜辭中含有「四月」及各類「雨」之辭。

例：

著　錄	編號／【綴合】／（重見）	卜　辭
合集	12549	（2）貞：其冓雨。四月。

合集	20398	（2）戊寅卜，于癸舞，雨不。 （3）辛巳卜，取岳，比雨。不比。三月。 （4）乙酉卜，于丙祓岳，比。用。不雨。 （7）乙未卜，其雨丁不。四月。 （8）以未卜，翌丁不其雨。允不。 （10）辛丑卜，祓燮，比。甲辰陷，雨小。四月。

（五）「五月──雨」

卜辭中含有「五月」及各類「雨」之辭。

例：

著　錄	編號／【綴合】／（重見）	卜　辭
合集	12565	己巳卜，宁，貞：雨。五月。
合集	12573（《合集》24878）＋《合補》4481【《甲拼續》484】	（1）辛酉卜，出，貞：勿見，其遘雨，克卒。五月。

（六）「六月──雨」

卜辭中含有「四月」及各類「雨」之辭。

例：

著　錄	編號／【綴合】／（重見）	卜　辭
合集	23181+25835【《甲拼續》395】	（5）戊戌卜，行，貞：今夕不雨。 （6）貞：其雨。在六月。
英藏	02069	貞：今夕不其雨。六〔月〕。

（七）「七月──雨」

卜辭中含有「七月」及各類「雨」之辭。

例：

著　錄	編號／【綴合】／（重見）	卜　辭
合集	8473	（7）貞：今夕其雨。 （8）貞：今夕不雨。 （10）貞：今夕其雨。 （11）貞：今夕不雨。 （13）貞：今夕其雨。七月。 （14）貞：今夕不其雨。 （16）貞：今夕其雨。 （17）貞：今夕不雨。
合集	27152	乙亥卜，何，貞：窜唐𤔲，不菁雨。七月。吉

（八）「八月——雨」

卜辭中含有「八月」及各類「雨」之辭。

例：

著　　錄	編號／【綴合】／（重見）	卜　　辭
合集	10976 正	（7）辛未卜，爭，貞：生八月帝令多雨。 （8）貞：生八月帝不其令多雨。 （12）丁酉雨至于甲寅旬屮八日。〔九〕月。
合集	12611	戊子卜，□，貞：今日其庚，不菁雨。八月。

（九）「九月——雨」

卜辭中含有「九月」及各類「雨」之辭。

例：

著　　錄	編號／【綴合】／（重見）	卜　　辭
合集	37646	戊辰卜，才章，貞：王田浼，不遘大雨。茲印。才九月。
合集	40251	貞：其雨。九月。

（十）「十月——雨」

卜辭中含有「十月」及各類「雨」之辭。

例：

著　　錄	編號／【綴合】／（重見）	卜　　辭
合集	809 正	（5）戊寅卜，㱙，貞：今十月雨。 （6）貞：今十月不其雨。
合集	12621（《合補》3808 正）	辛巳卜，今十月亦盅〔雨〕。

（十一）「十一月——雨」

卜辭中含有「十一月」及各類「雨」之辭。

例：

著　　錄	編號／【綴合】／（重見）	卜　　辭
合集	7897+14591【《契》195】	（1）癸亥卜，爭，貞：翌辛未王其酚河，不雨。 （3）乙亥〔卜，爭〕，貞：其〔奏〕嚳，衣，〔至〕于亘，不菁雨。十一月。才甫魚。 （4）貞：今日其雨。十一月。才甫魚。
合集	12632（《中科院》1021）	（1）貞：其雨。十一月。

（十二）「十二月——雨」

卜辭中含有「十二月」及各類「雨」之辭。

例：

著　　錄	編號／【綴合】／（重見）	卜　　辭
合集	10389	（4）貞：其雨。 （5）丙子卜，貞：今日不雨。 （6）貞：其雨。十二月。 （8）貞：今夕不雨。 （9）貞：其雨。 （11）……雨。 （12）乙未卜，貞：今夕不雨。 （13）貞：□雨。
合集	39554（《英藏》1757）	乙丑卜，于大乙羍雨。十二月。

（十三）「十三月——雨」

卜辭中含有「十三月」及各類「雨」之辭。

例：

著　　錄	編號／【綴合】／（重見）	卜　　辭
合集	12648	（1）□□〔卜〕，□，貞：今十三月雨。 （2）己未卜，殼，貞：今十三月不其雨。 （3）己未卜，殼，貞：今十三月雨。 （4）貞：十三月不其雨。 （5）隹上甲壱雨。 （13）貞：今十三月不其雨。 （14）貞：今十三月不其雨。 （15）今十三月雨。 （16）今十三月不其雨。
合集	12863+《甲》2972+《甲》2962 正+《合集》2827 正+《甲骨文集》4.0.0012【《醉》332、《綴彙》483】	（1）丁未卜，爭，貞：希雨，匂于河。十三月。 （2）貞：于岳希雨匂……

（十四）「□月——雨」

卜辭中含有「月份」，但月前有缺字，不能確定何月，並含有各類「雨」之辭。

例：

著　錄	編號／【綴合】／（重見）	卜　辭
合集	12908+《東大》B0444【《綴彙》409】	（1）庚午卜，辛未雨。 （2）庚午卜，壬申雨。壬申允雨。□月。 （6）丙申卜……酉雨。之夕ㄓ丁酉允雨。小。 （7）□酉卜，翌戊戌雨。 （8）……卜，癸酉雨。
合集	24752	（1）貞：其雨……月。 （2）今日不雨。

六、生——雨

在「生」與「雨」的組合中，詞項分作：

（一）「生・月・雨」

卜辭中「生某月」，再接「雨」、「多雨」、「不其多雨」、「不其雨」、「又大雨」「帝令多雨」、「帝不其令多雨」、「不其霝雨」等之辭。

例：

著　錄	編號／【綴合】／（重見）	卜　辭
合集	232 正+249 正（《合補》24 正）+1208【《綴彙》101】	（1）……八日丁亥。允雨。 （8）貞：生三月雨。 （10）生三月雨。
合集	8648 正（《合補》1396 正）	（1）貞：雨。 （2）不其雨。 （3）貞：今日其雨。 （4）今日不其雨。 （5）癸酉卜，旦，貞：生月多雨。
合集	12501	貞：生一月不其多〔雨〕。
合集	40302（《英藏》1011 正）	（2）貞：自今至于庚戌不其雨。 （3）貞：生十二月不其雨。
合集	38166	（1）丁卯卜，〔貞：茲〕月〔又大雨〕。 （2）于生月又大雨。
合集	10976 正	（7）辛未卜，爭，貞：生八月帝令多雨。 （8）貞：生八月帝不其令多雨。 （12）丁酉雨至于甲寅旬屮八日。〔九〕月。

（二）「木・月・雨」

卜辭中「木某月」，後接「雨」、「其雨」等之辭。

例：

著　　錄	編號／【綴合】／（重見）	卜　　辭
合集	33915	（2）己丑卜，木月雨。
屯南	1543	□辰，〔貞〕：……木月其雨。

（三）「其他」

卜辭中含有「生」、「雨」，但難以分於上述詞項之辭。

例：

著　　錄	編號／【綴合】／（重見）	卜　　辭
合集	904 反	（1）王固曰：丙其雨，生。
合集	11975	……生……不其〔雨〕。

　　詞項二「木・月・雨」的「木」，應當讀為「生」。甲骨文字中的木字作「凩」，生字作「坐」，而有時「凩月」也寫作「坐月」，故「木月」實際上即為「生月」之義。〔註96〕

七、來──雨

在「來」與「雨」的組合中，詞項分作：

（一）「來・干支・雨」

卜辭中「來」後接「干支」，再接「雨」、「不雨」、「其雨」、「不其雨」、「又大雨」、「亡大雨」、「不菁雨」等之辭。

例：

著　　錄	編號／【綴合】／（重見）	卜　　辭
合集	997	（2）貞：來乙未〔雨〕。
合集	12469 正（《中科院》202 正）	（1）貞：來乙未不雨。
合集	641 正+《乙》7681+《乙補》1447+《乙補》1557【《醉》27】	（4）來甲戌，其雨。
合集	12466 正+《乙補》5548+《乙補》5359+《乙補》5881+《乙》6321【《醉》361】	（1）辛巳卜，旦，貞：雨。 （3）貞：來乙酉其雨。 （4）貞：來庚寅不其雨。 （5）貞：來庚寅不其雨。

〔註96〕參見裘錫圭：〈釋「木月」「林月」〉，《古文字研究》，第 20 輯，（北京：中華書局，2000 年），頁 179～183。

合集	30048	（1）自今辛至于來辛又大雨。 （2）〔自〕今辛至〔于〕來辛亡大雨。
合集	34533	（2）庚申，貞：今來甲子酌，王不菁雨。

（二）「來日・雨」

卜辭中「來日」後接「雨」之辭。

例：

著　錄	編號／【綴合】／（重見）	卜　辭
合補	9525（《懷特》1366）	（2）于來日丁丑雨。 （3）……雨于祖丁。 （4）……雨。

（三）「來……雨」

卜辭中「來」後接辭例不全，再接「雨」、「不雨」、「其雨」、「菁雨」、「宜雨」等之辭。

例：

著　錄	編號／【綴合】／（重見）	卜　辭
合集	9494	（2）……來□亥雨。
合補	3766（《懷特》659）	……來庚……不雨。
合集	12468	□戌卜，□，貞：來□申其〔雨〕。
合集	33926	（2）于來……菁雨。
合補	3844 正	貞：來……我雨。

（四）「來雨／雨來」

卜辭中含有「來雨」或「雨來」之辭。

例：

著　錄	編號／【綴合】／（重見）	卜　辭
合集	12872	（1）生來雨自西。
合集	12876 正	……來雨……
合集	12877 反	（2）……雨來。才□。

八、季節──雨

在「季節」與「雨」的組合中，詞項分作：

（一）「春──雨」

卜辭中含有「春」和「雨」、「不雨」等之辭。

例：

著　　錄	編號／【綴合】／（重見）	卜　辭
合集	13515（《乙》8935）＋《史購》46 正【〈賓組甲骨綴合十八則〉】	（1）甲子卜，貞：盍牧［再？］冊，辛（？）乎取屮春？ （2）己酉卜，貞：勾郭于丁，不？二月。 （3）癸丑卜，賓貞：于雀郭？ （4）癸丑卜，賓貞：勾郭于丁？ （5）貞：　于丁一宰二 （6）……壹弗𢎥〔註97〕，屮禍？五月。一 （7）貞：尋求雨于……一 （8）□卯卜，賓貞：屮于祖……
合集	20416	（1）□□卜，方其征，今春雨。〔註98〕 （3）丁酉〔卜〕，來己日雨。
合集	24669	春日不雨。

（二）「秋──雨」

卜辭中含有「秋」和「雨」、「多雨」、「大雨」、「夆雨」等之辭。

例：

著　　錄	編號／【綴合】／（重見）	卜　辭
合集	33233 正	（1）□□，貞：其奰秋，來辛卯酓。 （2）癸巳，貞：其奰玉山，雨。
合集	29908	（2）壬寅卜，雨。癸日雨，亡風…… （3）不雨。〔癸〕…… （5）乙亥卜，今秋多雨。 （7）多雨。 （8）丙午卜，日雨。 （9）……不雨。
合集	30171	（2）至來辛、己大雨。 （3）秋奰其方，又大雨。
合集	30178	□申卜，其夆雨，于秋童利。

〔註97〕此字陳劍釋作「遭」，可從。參見陳劍：〈釋造〉，《甲骨金文考釋論集》（北京：線裝書局，2007），頁127～176。

〔註98〕原考釋將「春」釋為「允」。參照拓片及朱歧祥編撰、余風、賴秋桂、錢唯真、左家綸合編：《甲骨文詞譜》頁2・445，定為「春」字。

（三）「冬——雨」

卜辭中含有「冬」和「雨」、「夕雨」等之辭。

例：

著　　錄	編號／【綴合】／（重見）	卜　　辭
合集	40342（《英藏》1102）	……至……冬日陰……雨。
合集	12998 正	（1）貞：不其冬夕雨。

拾壹、描述雨之狀態變化

一、既雨

（一）「既雨」

卜辭中含有「既雨」之辭。

例：

著　　錄	編號／【綴合】／（重見）	卜　　辭
合集	1784	（1）丁亥卜，貞：既雨。 （2）貞：母其既〔雨〕。
合集	21942	（1）癸雨，既雨。 （2）乙丑卜，雨。乙丑敇……涉。 （4）……雨。

（二）「雨不既」

卜辭中含有「雨不既」之辭。

例：

著　　錄	編號／【綴合】／（重見）	卜　　辭
屯南	0665	（4）辛巳，貞：雨不既，〔其〕夔于𡵄。 （6）辛巳，貞：雨不既，〔其〕夔于亳土。 （8）其雨。
屯南	1105	（5）辛巳，貞：雨不既，其夔于亳土。 （7）辛巳，貞：雨不既，其夔于𡵄。不用

二、允雨

（一）「允雨」

卜辭中含有「允雨」之辭。

例：

著　錄	編號／【綴合】／（重見）	卜　辭
合集	9900+12988【《甲拼續》354】	（1）……允雨。
合集	12546 正	（1）丙寅允雨。四月。

（二）「允不雨」

卜辭中含有「允不雨」之辭。

例：

著　錄	編號／【綴合】／（重見）	卜　辭
合集	12995	……雨。允不〔雨〕。
合集	13029	貞：允不雨。

（三）「干支・允雨」

卜辭中「干支」後接「允雨」之辭。

例：

著　錄	編號／【綴合】／（重見）	卜　辭
合集	232 正+249 正（《合補》24 正）+1208【《綴彙》101】	（1）……八日丁亥。允雨。 （8）貞：生三月雨。 （10）生三月雨。
合集	902 正	（1）己卯卜，㱿，貞：不其雨。 （2）己卯卜，㱿，貞：雨。王固：其雨。隹壬午允雨。 （3）……其……言〔雨〕才瀧。 （4）王不雨才瀧。

（四）「干支・允不雨」

卜辭中「干支」後接「允不雨」之辭。

例：

著　錄	編號／【綴合】／（重見）	卜　辭
合集	892 正	（19）貞：今癸亥其雨。 （20）貞：今癸亥不其雨。允不雨。
合集	7768	（5）癸巳卜，㱿，貞：今日其雨。 （6）癸巳卜，㱿，貞：今日不雨。允不雨。

（五）「今日‧允雨」

卜辭中「今日」後接「允雨」、「允大雨」等之辭。

例：

著　　錄	編號／【綴合】／（重見）	卜　　辭
合集	12922	辛亥卜，今日雨。允雨。
合集	12923	壬子卜，□，貞：今日雨。□日允〔雨〕，至于□雨。

（六）「之日‧允雨」

卜辭中「之日」後接「允雨」之辭。

例：

著　　錄	編號／【綴合】／（重見）	卜　　辭
合集	12047（《旅順》640）	（2）丁亥卜，卯，貞：今日其雨。之日允雨。三〔月〕。
合集	12532 正	貞：今……王固曰：㞢。茲气雨。之日允雨。三月。

（七）「日‧允雨」

卜辭中「日」後接「允雨」之辭。

例：

著　　錄	編號／【綴合】／（重見）	卜　　辭
合集	12916	貞：日其雨。允雨。
合集	20416	（1）□申卜，方其征，今允雨。 （3）丁酉〔卜〕，來己日雨。

（八）「翌日‧允雨」

卜辭中「翌日」後接「允雨」之辭。

例：

著　　錄	編號／【綴合】／（重見）	卜　　辭
合集	13448（《國博》53）	……〔翌〕日允雨，乙巳陰。
合集	20976	壬戌卜，允……￼。翌日雨，癸雨。〔註99〕

〔註99〕「￼」字李學勤釋為郊。參見李學勤：〈釋「郊」〉，《文史》，第36輯，（1992年）

（九）「今夕・允雨」

卜辭中「今夕」後接「允雨」之辭。

例：

著　錄	編號／【綴合】／（重見）	卜　辭
合集	10292+12309【《契》29】	（2）壬戌卜，今夕雨。允雨。 （3）壬戌卜，今夕不其雨。 （4）甲子卜，翌乙丑其雨。
合集	12932	壬戌卜，〔貞〕：今夕雨。允雨。

（十）「之夕・允雨」

卜辭中「之夕」後接「允雨」之辭。

例：

著　錄	編號／【綴合】／（重見）	卜　辭
合集	3297 反	（2）貞：翌辛丑不其攸。王固曰：今夕其雨，翌 辛〔丑〕不〔雨〕。之夕允雨，辛丑攸。
合集	7709 反	（2）之夕允雨。

（十一）「夕・不雨」

卜辭中無法判斷為「今夕」或「之夕」，僅見「夕」字後接「允雨」之辭。

例：

著　錄	編號／【綴合】／（重見）	卜　辭
合集	12612	……夕允雨。八月。才□。
合集	12140（《合補》3551）	……夕允雨。

（十二）「今夕・允不雨」

卜辭中「今夕」後接「允不雨」之辭。

例：

著　錄	編號／【綴合】／（重見）	卜　辭
合集	24861	貞：今夕允不征雨。

（十三）「之夕・允不雨」

卜辭中「之夕」後接「允不雨」之辭。

例：

著　錄	編號／【綴合】／（重見）	卜　辭
合集	10222	（1）……今夕其雨……其雨。之夕允不雨。
合集	12163 正	（1）己丑卜，爭，貞：今夕不雨。 （2）〔己〕丑卜，爭，貞：今夕雨。

（十四）「夕・允不雨」

卜辭中無法判斷為「今夕」或「之夕」，僅見「夕」字後接「允不雨」之辭。

例：

著　錄	編號／【綴合】／（重見）	卜　辭
合集	12959	□夕允不〔雨〕。

（十五）「寐・允雨」

卜辭中「寐」後接「允雨」之辭。

例：

著　錄	編號／【綴合】／（重見）	卜　辭
合集	20964+21310（《合補》6862）+21025+20986【《甲拼》21、《綴彙》165】	（1）癸卯卜，貞：旬。四月乙巳朕雨。 （3）癸丑卜，貞：旬。五月庚申寐，允雨自西。夗既。 （4）辛亥𧥣雨自東，小……

（十六）「時間段・允雨」

卜辭中「時間詞」後接「允雨」之辭。

例：

著　錄	編號／【綴合】／（重見）	卜　辭
合集	20397	（1）壬戌又雨。今日小采允大雨。征伐，着日隹啟。
合集	20908	（1）戊寅卜，陰，其雨今日𢀛。〔中〕日允〔雨〕。 （2）乙卯卜，丙辰□余〔食〕姒丙，𢀛，中日雨。三月。
合集	20956	（2）壬午，食允雨。

詞項一「允雨」所收的辭例，未必全皆作「允雨」，有時依辭例而略有變化，如：

　　　……大……雨。允。

《合集》40305

（1）癸未雨。允其正。

《合集》11837

允〔屮〕雨。

《旅順》612

上三條卜辭皆是「允雨」，但或簡省作「允」，或表其雨的狀態作「允其正」，或再附加肯定事實「允有雨」。

　　詞項四「干支・允不雨」中所收錄的辭例，也未必全皆作「允不雨」，同樣的依據辭例而有變化，如：

　　　今日丁巳允雨不征。

《合集》12925

（1）……其征〔雨〕。允不征雨。

《合集》12996

（2）……𣪊叀吉，往于夕福，允不遘雨。四月。

（5）己巳卜，何，貞：王往于日，不冓雨，𣪊叀吉。允雨不冓。四月。

（6）……允不冓雨。四月。

（8）……不冓雨，往于夕福。允不冓雨。四月。

《合集》27861+27862+27863+27864【《合補》9539、《綴彙》899】

　　　□□卜，今日戊王其田，不冓雨。茲允不〔冓雨〕。

《合集》28535

（2）允不冓雨。

《合集》30110

（1）丙寅，貞：亡大雨。允。三月。

《合集》22435

以上除了《合集》22435 刻寫的是有無狀態的驗辭，表示「沒有大雨」，也是屬於否定的應驗，因此也收於本詞項。其餘之例皆是根據辭例而有所變化「允不雨」的結構，作「允不某雨」。

　　詞項八「翌日・允雨」收錄的《合集》20976：「壬戌卜，允……🐚。翌日雨，癸雨。」雖未見「允雨」一詞，但「翌日雨，癸雨。」的「癸雨」應當視作驗辭，因此將該版收於本詞項中。

　　詞項十、「之夕・允雨」所收的部份辭例，未見「夕」之字，如：

　　　　（1）……王固曰。吉……翌辛其雨。之□允雨

《合集》12950

　　　　……〔征〕……之□允雨。

《合集》12955

這兩詞的「之」字之後，可能是「夕」，也可能是「日」，但透過「之夕・允雨」和「之日・允雨」的統計，前者見有 31 條，後者見有 13 條，以比例來說，「之夕・允雨」的可能性較高，但也不排除《合集》12950「翌辛其雨」後頭回應的是「之日允雨」的可能性。又《合集》《合集》17680 正：「王固曰：□。今夕□雨，虫若。〔之〕夕允……己亥……」則可反過來藉由卜雨，來推測驗辭中的「允……」當跟卜雨有關，很可能就是「允雨」，因此也將該版收於本詞項。而《合集》20975 則是可以透過同版的辭例，來了解當時的貞卜與實際發生的狀況：

　　　　（3）己丑卜，舞羊，今夕从雨，于庚雨。
　　　　（4）己丑卜，舞〔羊〕，庚从雨，允雨。

《合集》12955

　　（3）辭問今天晚上是否有平順之雨，庚日是否有雨。（4）辭又問庚日是否有平順之雨，果然下了平順之雨。可由這兩條卜辭知道，當時在己日卜問今天夜間開始，到隔天庚日的降雨狀況，是一條跨夜的貞卜，而最後也確認了這條卜問是應驗的。

第二節　雪

壹、雪字概述與詞項義類

　　甲骨文字中的「雪」字基本作「🌨」，從雨從彗，嚴式隸定作「霏」。甲骨卜辭中表示風雪之雪，其字必加雨形，如未加雨形的「彗」字，為「彗」字，作地名、人名及除義。

　　與降水相關的卜辭「雪」之詞目，共分為三大類，每類再細分不同的詞項，可見下表與分項說明。

詞　　目	詞　　項			
一日之內的雪	夕——雪			
與祭祀相關的雪	叀·雪			
混和不同天氣現象的雪	雪·雨	風·雪		

一、一日之內的雪

（一）夕——雪

　　在甲骨卜辭中於一日之內的時間段的卜雪之辭，僅見於「夕」之時，辭例極少。（時稱說明參見第二章 第一節　壹　八、一日之內的雨）

二、與祭祀相關的雪

（一）叀·雪

　　本項中辭作「叀于霋」，雪應當釋為祭祀對象，陳夢家認為此處的雪，即「雪神」，而非天氣現象。〔註100〕

三、混和不同天氣現象的雪

（一）雪·雨

　　在甲骨卜辭中許多氣象詞並不單獨出現，如「雪」、「雨」相連，此兩者在天氣學上是具有相關性的。

（二）風·雪

　　在甲骨卜辭中許多氣象詞並不單獨出現，如「風」、「雪」相連，此兩者在天氣學上是具有相關性的。

貳、一日之內的雪

一、夕·雪

　　在「夕」與「雪」的組合中，詞項分作：

（一）「夕·雪」

　　「夕」後接「雪」之辭。

〔註100〕參見陳夢家：《殷墟卜辭綜述》，頁577。

例：

著　　錄	編號／【綴合】／（重見）	卜　　辭
花東	400	（2）乙亥夕卜，其雨。子凩曰凩曰：今夕霽，其于丙雨，其多日。用。

卜辭中「雪」與一日內的時稱組合，僅見「中日」與「夕」。雪與雨在大氣科學中都屬於降水，而兩者較大的差異是，前者受溫度條件的限制較多，所以並不如雨常見。從本節的分類，至少可見商代時黃河流域的氣候會在某些季節降至零度以下，且在一日中最熱的下午兩點、入夜後，都有貞問是否降雪的紀錄，唯本項所見辭例不多，不易論斷一日內雪與商人生活的關聯。

參、與祭祀相關的雪

一、叀・雪

在「叀」與「雪」的組合中，詞項分作：

（一）「叀・雪」

「叀」後接「雪」之辭。

例：

著　　錄	編號／【綴合】／（重見）	卜　　辭
合集	39718（《英藏》2451）	□戌，貞：从叀于霽以黃奭。
合集	41411（《英藏》2366）	（4）其叀于霽，又大雨。 （6）霽眔門虘酚，又雨。

肆、混和不同天氣現象的雪

一、雪・雨

在「雪」與「雨」的組合中，詞項分作：

（一）「雪・雨」

卜辭中「雪」後接「雨」、「又雨」等之辭。

例：

著　　錄	編號／【綴合】／（重見）	卜　　辭
合集	20914	乙酉卜，霽。今夕雨，不雨。四月。
合集	21024	……霽……雨……
合集	29214	（2）于宮霽，又雨。

二、風‧雪

在「風」與「雪」的組合中，詞項分作：

（一）「風‧雪」

卜辭中「風」後接「雪」、「雪雨」等之辭。

例：

著　錄	編號／【綴合】／（重見）	卜　辭
屯南	769	……風京霸雨。
村中南	426〔註101〕	丙子卜……風京〔雪〕……

〔註101〕釋文據朱歧祥：《釋古疑今——甲骨文、金文、陶文、簡文存疑論叢》第十六章　殷
　　　　墟小屯村中村南甲骨釋文補正，頁 350～351。